Pferdeinternat Inselglück
Milas großer Traum

Weitere Abenteuer im Pferdeinternat Inselglück:

Milas großer Traum
Im Galopp zum Sieg

Emma Norden

PferdeInternat Inselglück

Milas großer Traum

Loewe

FSC
www.fsc.org
MIX
Papier aus verantwortungsvollen Quellen
FSC® C014496

ISBN 978-3-7855-8323-4
1. Auflage 2016

Umschlagfoto: © iStock.com/wundervisuals
Umschlaggestaltung: Michael Dietrich
Printed in Germany

www.loewe-verlag.de

Inhalt

Pferdeduft und Trostkekse

Mila lehnte sich an Adesso und schnupperte am warmen Hals des Pferdes. „Warum?" Dieses Wort hämmerte ununterbrochen in ihrem Kopf und zwar so laut, dass sie alle anderen Gedanken nicht mehr hören konnte. Vor einer Stunde – einer einzigen Stunde – war ihr Leben noch völlig in Ordnung gewesen. Und jetzt? Hatten ihre Eltern alles durcheinandergebracht. Wie konnte man nur so egoistisch sein? War ihren Eltern eigentlich gar nicht klar, was sie mit dieser blöden Entscheidung angerichtet hatten?

Den ganzen Weg zu Aurelies Reiterhof hatte Mila gegen die Wut- und Traurigkeits-Tränen gekämpft, doch Adesso hatte sie noch nie etwas vorspielen können. Er spürte immer ganz genau, was mit Mila los war. Sie vergrub ihre Nase noch ein wenig tiefer in sein Fell und ließ die Tränen einfach laufen, ohne sie abzuwischen.

Adesso knabberte vorsichtig am Kragen von Milas blauer Steppjacke. Dabei streiften die Tasthaare an seinem Maul ihre Wange, die mit Sommersprossen übersät war. Mila musste kichern, obwohl ihr eigentlich überhaupt nicht danach war.

Renate, Milas geschecktes Mini-Appaloosa-Pony, kam quer über die Koppel angetrabt, legte den Kopf schief und wieherte.

„Ihr ahnt ja nicht, was passiert ist“, flüsterte Mila leise und streichelte Renate über den Rücken. „Die absolute Obersupermega-Katastrophe!“

Adesso und Renate sahen Mila neugierig an und spitzten die Ohren.

Mila musste schon wieder grinsen. Sie hatte einfach die besten Pferde der ganzen Welt. Und vor allem die klügsten!

„Ihr wisst sofort, wenn ich jemanden zum Reden brauche, stimmt's?“, sagte sie traurig. Sie setzte sich mitten auf die Koppel und begann zu erzählen: „Eigentlich hätte ich sofort wissen müssen, dass etwas faul ist. Hamburger mit Pommes! Es roch nach Hamburger mit Pommes! Das gibt es bei uns *nie*. Viel zu ungesund und fettig! Obwohl das mein absolutes Lieblingsessen ist. Und ich freu mich auch noch darüber und fange an zu mampfen, bis ich merke, dass Mama und Papa überhaupt nichts anrühren und sich immer so komisch ansehen. Irgendwann hab ich gefragt, was los ist. Und dann hat Mama rumgedruckst, dass sie mir etwas sagen müssen. Sie haben nämlich beschlossen, zusammen für ein Jahr als Ärzte ohne Grenzen in Afrika zu arbeiten. Ich bin erst total erschrocken, weil ich dachte, ich muss jetzt mit. Aber von wegen!“

Mila stampfte wütend mit dem Fuß auf. Adesso und Renate wichen ein paar Schritte zurück.

„Nein, die beiden haben sich noch was viel Bescheuerteres für mich ausgedacht. Ich soll für ein Jahr auf ein bescheuertes Pferdeinternat auf einer bescheuerten Insel mit oberbescheuerten Pferdetussis, die bestimmt nur ein Thema haben: trainieren, trainieren, trainieren“, fuhr sie fort.

Adesso warf den Kopf nach hinten, so als ob er diese Idee auch ziemlich abwegig fände.

„Ich will weder nach Afrika noch auf dieses Internat. Ich will hierbleiben. Basta. Die werden schon sehen, dass sie mich nicht zwingen können. Dann ziehe ich eben zu euch in die Pferdebox.“

„Das wird aber dann ziemlich kuschelig“, hörte Mila eine fröhliche Stimme hinter sich. Sie drehte sich um.

Es war Aurelie, die Besitzerin des Reitstalls, in dem Adesso und Renate untergebracht waren. Mila kannte sie, seit sie sich erinnern konnte. Sie war eine gute Freundin ihrer Eltern und oft bei ihnen zu Besuch. Früher, als Mila noch kleiner war, hatte sie jeden Mittwoch auf sie aufgepasst, wenn ihre Eltern zusammen ins Kino oder ins Theater gegangen waren. Im Lauf der Zeit war Aurelie wie eine große Schwester für Mila geworden. Eine Schwester, mit der man über alles reden konnte. Auch jetzt war Mila heilfroh, Aurelie zu sehen.

Sie ging auf Aurelie zu. „Hast du das gewusst?“

„Was meinst du?“ Aurelie zwinkerte Mila zu. „Dass

du zu Adesso und Renate in die Box ziehen willst? Nö, hab ich nicht gewusst."

Dann bemerkte sie, dass Milas Augen rot und verweint aussahen. Sie streckte ihre Arme aus. „He, du weinst ja! Komm mal zu mir, meine Kleine! Und dann erzählst du mir in aller Ruhe, was los ist. So schlimm wird es doch nicht sein."

Dankbar lehnte sich Mila an Aurelie und sagte mit erstickter Stimme: „Doch, es ist sogar noch viel schlimmer."

Aurelie stellte eine Kanne dampfenden Rotbuschtee auf den Holztisch der Reiterstube. Dann reichte sie Mila, die in einem altmodischen Ohrensessel saß, eine karierte Wolldecke. „So, jetzt kuschel dich da erst mal rein", sagte sie mit weicher Stimme. „Gegen Kummer jeder Art hilft die bewährte Aurelie-Kur. Bestehend aus: Tee, Schokokeksen, warmen Decken und der natürlichen Duftmischung Ledersattel meets Pferdeapfel." Sie wedelte mit den Händen in der Luft herum. „Die ist allerdings immer da. Schließlich ist das hier eine Reiterstube", meinte sie.

Mila musste grinsen. Das klang zwar total verrückt, aber Aurelie hatte recht. Mit der warmen Tasse zwischen den Händen und den Keksen vor der Nase ging es ihr schon etwas besser.

Aurelie setzte sich auf die Eckbank und legte den Kopf in die Hände. Dabei fielen ihr einige braune Haarsträhnen ins Gesicht. Genervt kramte sie in der Tasche nach einem Haargummi und band die wuscheligen Locken zu einem Dutt zusammen. Dann blickte sie Mila auffordernd an. „Also schieß los, Schnecke. Was ist passiert?“

Und Mila begann zu erzählen. Vom vermeintlichen Hamburger-Glück bis zu den Tränen auf der Pferdekoppel.

Aurelie war währenddessen immer blasser geworden. „Nein, das habe ich nicht gewusst“, sagte sie, als Mila geendet hatte. „Bella hat mir zwar erzählt, dass sie davon träumt, als Ärztin nach Kenia zu gehen. Aber ich habe das gar nicht so ernst genommen. Ich hätte niemals gedacht, dass sie das umsetzt, wenn du noch so klein bist.“

„Lustig, dass du das sagst“, schniefte Mila. „Das war ihr stärkstes Argument: dass ich ja jetzt schon groß genug bin, um das zu verstehen.“

Aurelie strich Mila über das lange braune Haar. „Sie hat ja recht. Du bist schon groß. Und selbstständig. Ich sehe eben immer noch die kleine Mila vor mir, die stolz auf Renate geklettert und mit ihr über die Koppel galoppiert ist.“

Mila senkte den Blick. „Ach, das hab ich noch vergessen. Renate darf gar nicht mit nach Marum. In dieser blöden Pferdeschule darf jeder Schüler nur *ein* Pferd mitbringen. So sind die REGELN dort. Scheißregeln sind das! Ein Jahr ohne Renate. Das halte *ich* nicht aus und Adesso erst recht nicht!“

Aurelie nickte, nippte an ihrem Tee und dachte nach. Dann stellte sie die Tasse so unsanft auf den Tisch, dass heißer Tee über ihre Finger schwappte.

„Au!“, schimpfte sie und steckte sich die schmerzenden Finger in den Mund. „Kennscht du dasch Sprichwort mit den Schitronen?“

Mila schüttelte den Kopf.

„Es lautet folgendermaßen: ‚Gibt dir das Leben Zitronen, dann mach Limonade daraus‘“, erklärte Aurelie, deren Mund mittlerweile wieder fingerfrei war.

„Kapiere ich nicht“, sagte Mila. „Was hat das denn mit mir zu tun?“

„Pass auf“, meinte Aurelie. „Deine Eltern haben dir ein paar ziemlich große supersaure Zitronen in die Hand gedrückt: Du sollst mitten im Schuljahr auf eine fremde Schule gehen, die weit weg von zu Hause ist. Und das für ein ganzes Jahr! Zusätzlich musst du dich von Mama und Papa und deinem süßen Mini-Appaloosa trennen, das ist richtig hart. Und das Allerhärteste kommt noch.“ Sie lächelte traurig. „Du wirst auch ein Jahr nicht hier bei mir im Reitstall sein können …“

„Verstehe. Ja, alles ungenießbare Zitronen“, stimmte Mila zu.

„So und jetzt suchen wir nach dem Zucker für die Limonade“, schlug Aurelie vor und Mila sah ein zuversichtliches Funkeln in ihren Augen.

„Also: Zuerst mal sehe ich ganz viel Freiheit und Abenteuer für dich. Welches Mädchen in deinem Alter hat denn schon die Chance, für ein Jahr ins Internatsleben hineinschnuppern zu können? Mit Rückfahrkarte sozusagen. Und du wirst viel mehr Zeit mit

Adesso verbringen können, denn du musst nicht immer erst zum Stall fahren. Stall, Schule und dein Bett sind an einem Fleck."

Mila musste sich eingestehen, dass sie daran noch gar nicht gedacht hatte. Es stimmte. Im Internat konnte sie jederzeit nach Adesso schauen. Das war ein echter Vorteil.

„Außerdem bist du dort auch nicht ohne Familienanschluss", fuhr Aurelie fort. „Schließlich unterrichtet deine Tante Caro im *Pferdeinternat Inselglück* Mathe. Und deine Cousine Tini wohnt auch dort. Und jetzt kommt der Superknüller: Marum ist eine wunderschöne Insel. Und was haben Inseln so drumherum? Na? Genau. Strand! Ich beneide dich und Adesso jetzt schon um die vielen Strandausritte, die ihr beiden machen werdet."

Mila merkte, wie die Wut aus ihrem Bauch floss und ein wenig Neugierde und Zuversicht hereinschwappten. Das fühlte sich zwar immer noch nicht wieder gut an, aber zumindest spürte sie eine deutliche Verbesserung.

Was Aurelie da für sie ausmalte, klang tatsächlich gar nicht so schlecht. Doch plötzlich musste sie an Renate denken. Konnte sie das Pony wirklich hierlassen? Auf der anderen Seite …

Mila blickte auf und sah Aurelie fest in die Augen. „Aber du musst mir hoch und heilig versprechen, dass du dich gut um Renate kümmerst, ja?"

„Ich gebe dir mein Hufeisenehrenwort", sagte Aurelie ernst und nahm Mila fest in die Arme.

Zusatzgepäck

In den nächsten zwei Wochen passierte so viel auf einmal, dass Mila kaum zum Nachdenken kam. Ihre Eltern wuselten unruhig hin und her und überall in der Wohnung lagen Packlisten oder schon gestapelte Dinge, die auf keinen Fall vergessen werden durften – schließlich war Milas Abreise schon für das nächste Wochenende geplant. Ihre Eltern würden sie nach Marum begleiten; sie selbst würden dann ein paar Tage später nach Kenia fliegen.

Mila wusste nicht so richtig, was sie davon halten sollte. Auf der einen Seite war es gut, etwas zu tun zu haben. Noch dazu etwas so Spannendes. Auf der anderen Seite ging ihr das alles viel zu schnell. Ein Jahr ohne ihre Freunde und ohne Aurelie? Ohne Mama, mit der man sich so wunderbar aufs Sofa kuscheln und zum mindestens 287. Mal *Bibi & Tina – Der Film* ansehen konnte? (Obwohl Mila eigentlich schon viel zu alt dafür war …) Und ohne Papa – den besten Quatschmacher und Englischvokabel-Abfrager der Welt.

Zumindest eines war klar: Sie würde sie schrecklich vermissen.

Aurelie hatte es zwar geschafft, dass Mila sich mit dem Gedanken an das *Pferdeinternat Inselglück* hatte anfreunden können, aber je näher die Abreise rückte, desto größer wurde der dicke Knubbel in ihrer Magengegend.

Mila beobachtete ihre Eltern, die ein Bild aus dem Regal nahmen und es versonnen ansahen. Sie umarmte ihre Mutter von hinten und legte den Kopf in ihre Halsgrube. Bella neigte zärtlich den Kopf, deutete auf das Bild und sagte: „Kannst du glauben, dass aus dieser niedlichen Dreijährigen so ein tolles Mädchen geworden ist? Ich bin so stolz auf dich, weißt du das?"

Mila betrachtete das Bild. Sie selbst war darauf zu sehen in einem schrecklichen rosa-blau-gestreiften Schneeanzug und einem roten Reithelm, unter dem ein langer brauner Zopf hervorguckte. Breit grinsend saß sie auf Renate, die Zügel fest in der Hand.

Sie konnte sich noch erinnern, wie froh sie damals gewesen war, endlich reiten lernen zu dürfen.

„Ach, Mama. Das ist so lange her", flüsterte Mila. „Da war ich noch furchtlos."

„Und genau das bist du heute auch. Ein bisschen älter, aber dafür umso mutiger." Ihr Vater lachte und drückte Milas Hand. „Komm her zu mir, meine kleine Große!", sagte er dann und warf sich auf das große bunte Bodenkissen.

Mila und ihre Mutter sprangen hinterher und alle schmiegten sich eng aneinander. „Aber wir skypen jeden Abend, oder? Und wenn ich es so gar nicht aushalte auf Marum, dann kommt ihr wieder?"

„Was denkst du denn?“, meinte Bella entrüstet. „Glaubst du, ich will vor Sehnsucht vergehen? Natürlich skypen wir, sooft wir können. Du beugst dich dann ganz nah zur Kamera und ich gucke, ob du neue Sommersprossen bekommen hast, ja? Und wenn du es wirklich ganz schrecklich finden solltest, dann kommen wir wieder. Ich will auf keinen Fall, dass mein kleines Mädchen unglücklich ist.“

„Na, dann ist ja gut“, meinte Mila und kuschelte sich noch fester an ihre Eltern. Sie musste schließlich Kuscheleinheiten für ein Jahr im Voraus auftanken!

„Hier sind noch Adessos Unterlagen“, sagte Aurelie und reichte Mila einen grünen Ordner. „Impfpass, Untersuchungsergebnisse und alle anderen wichtigen Dokumente.“

Mila war ganz schlecht. Kotzschlecht. Denn jetzt wurde es ernst. Der Tag der Abreise war gekommen. Der Kofferraum des schwarzen Kombis war randvoll mit Milas Sachen und ihr Vater koppelte gerade den geräumigen Pferdeanhänger an den Wagen.

Mila warf den Ordner unachtsam auf den Rücksitz. „Ich komme gleich wieder!“, rief sie und verschwand hinter dem Pferdestall.

„Tief durchatmen“, ermahnte sie sich. „Schön tief durchatmen.“ Sie war den Abschied in Gedanken schon Hunderte Male durchgegangen. Doch jetzt fühlte sie sich einfach nur mies und traurig. Und sie war so zornig auf ihre Eltern … genau wie an dem Tag, als sie von ihren Plänen erfahren hatte. Mila ballte die

Fäuste und trommelte gegen die Bretterwand des Stalls. Erst als sie einen Blick auf ihre Hände warf, sah sie, dass die Knöchel an der rechten Hand aufgeschürft waren und zu bluten begonnen hatten. Verdammt.

Sie starrte auf das rote Rinnsal, das ihren Handrücken entlanglief. Merkwürdigerweise fühlte sie sich nun viel ruhiger.

Sie kramte ein zerknülltes Taschentuch aus ihrer Jackentasche und wickelte es um ihre blutende Hand.

„Mila, kannst du mal bitte kommen?“, rief ihr Vater in diesem Moment.

Danach rumpelte es laut und Adesso wieherte.

„Bin sofort da!“, rief Mila zurück.

Sie kämpfte sich durch die hohen Brennnesseln, die hinter dem Reitstall wuchsen. Eigentlich hatte sie noch einmal schnell nach Renate schauen wollen. Von ihrem kleinen Mini-Pony hatte sie sich zwar schon gestern ausgiebig verabschiedet – aber trotzdem. Ohne Renate wenigstens noch ein paarmal übers Fell zu streicheln, wollte sie nicht fahren.

„Mila, wir brauchen dich. Jetzt!“, hörte sie nun ihre Mutter genervt rufen.

Für Renate würde sie schon noch fünf Minuten Zeit haben. Jetzt musste sie erst einmal nachsehen, was auf dem Hof los war.

Als Mila um die Ecke bog, war Aurelie schon zur Stelle.

„Ich bin mit meinem Latein am Ende“, sagte sie, als sie Mila sanft am Ellbogen aus dem Gestrüpp zog.

„Adesso will einfach nicht in den Anhänger. Obwohl er sonst nie Angst hatte. Vielleicht hast du ja eine Idee? Schließlich kennst du dein Pferd am besten."

Mila ging zu Adesso, der auf der Rampe des Anhängers stand und sich offensichtlich weder vor noch zurück bewegte. Dabei wirkte er aber überhaupt nicht ängstlich, sondern schaute Mila mit herausforderndem Blick ruhig an. Mila stieg zu ihm auf die Rampe und strich ihm über den Stern an seiner Stirn.

„Was ist los, mein Großer?", fragte Mila sanft. „Wir hatten doch alles besprochen. Es passiert dir doch nichts. Schau, wir machen es wie immer!" Mila ging ein paar Schritte in den Anhänger hinein und wartete darauf, dass Adesso folgen würde. Doch der blieb einfach stehen und dachte überhaupt nicht daran, sich auch nur einen Huf nach vorne zu bewegen.

Mila klapste ihm freundlich auf den Po. Sie versuchte es mit Leckerli. Sie führte ihn noch einmal ganz von der Rampe hinunter und lief mit ihm eine Runde über den Hof. Es half alles nichts. Adesso weigerte sich, den Pferdeanhänger zu betreten.

„Tja, die Anreise nach Marum dauert wohl länger, als wir angenommen haben", seufzte Bella und setzte sich auf die blaue Holzbank, die vor dem Pferdestall stand. Chris und Aurelie gingen in die Reiterstube, um allen etwas zu trinken zu holen. Mila brauchte auch eine Pause. Erschöpft ließ sie sich neben ihre Mutter plumpsen und zog die dicke Steppjacke aus. Es war ein schöner, sonniger Tag. Fast ein wenig zu warm für März. Am großen Ahornbaum, der neben Aurelies

Wohnhaus stand, konnte man schon die ersten grünen Knospen erkennen. Mila blinzelte gegen die Sonne, die genau hinter dem Baum stand und ihn so in ein magisches Licht tauchte. Eigentlich ein perfekter Tag für einen Neuanfang, schoss es Mila durch den Kopf. Wenn es nur nicht so traurig wäre, Renate, Aurelie und ihre Eltern für ein ganzes Jahr nicht wiedersehen zu können. Sie beobachtete Adesso, der an der langen Holzstange im Hof angebunden war. Er schien überhaupt nicht aufgeregt zu sein. Nur irgendwie nicht bereit. So, als würde er auf etwas warten. Auf etwas ganz Selbstverständliches. Aber was konnte das sein? Was war anders als sonst?

Plötzlich war es Mila klar. Sie schlug sich mit der flachen Hand an die Stirn. „Ich hab's", sagte sie. „Jetzt weiß ich, warum Adesso nicht in den Anhänger geht."

„Na, dann schieß mal los", erwiderte Bella neugierig.

„Renate. Er wartet auf Renate. Er war noch nie ohne sie im Anhänger. Deswegen weigert er sich."

„Vielleicht hast du recht", meinte Bella nachdenklich. „Einen Versuch ist es wert. Und was soll's. Dann fahren wir eben mit zwei Pferden nach Marum und nehmen Renate anschließend wieder mit. Geh sie doch mal holen!"

Mila stand auf und lief in den Pferdestall. Renate wirkte ohne Adesso an ihrer Seite ganz klein und verloren. Und die Doppelpferdebox riesig und leer.

Mila entriegelte das Schloss und schob die schwere Tür zur Seite. Sie nahm das Stallhalfter vom Haken, trat in die Box und stülpte es Renate über den Kopf. „Du musst uns helfen. Dein großer Kumpel schafft das nicht allein."

Renate wieherte leise.

„Du hast mich verstanden, nicht wahr?", fragte Mila. „Du bist so ein kluges Pony! Komm."

Mila führte Renate auf den Hof. Sie gab ihr zur Belohnung eine große Möhre. Obwohl Renate so klein war, knabberte sie sie mit zwei Bissen weg.

„Im Futtern warst du schon immer größer, als du aussiehst", lachte Mila.

Renate steuerte auf Adesso zu und Mila ließ sie gewähren. Sie war gespannt, ob ihr Plan aufgehen würde.

Renates Maul reichte Adesso gerade mal an sein Kniegelenk. Doch genau an dieser Stelle stupste sie ihn nun an und wandte den Kopf in Richtung Anhänger. Adesso beugte den langen geschmeidigen Hals zu ihr herunter, beschnupperte sie zärtlich und hatte plötzlich einen höchst zufriedenen Gesichtsausdruck.

„Was habt ihr denn vor?", fragte Aurelie, die in diesem Augenblick mit einem Tablett voller Wassergläser im Türrahmen stand.

„Pst, leise", flüsterte Bella und legte den Zeigefinger auf die Lippen. „Ich glaube, Mila hat einen Weg gefunden, sodass Adesso freiwillig in den Anhänger steigt."

Aurelie stellte das Tablett ab. Chris war hinter sie getreten und beobachtete nun ebenfalls staunend, was passierte.

Bella ging mit Renate voraus zum Anhänger. Mila

band Adesso von der Stange los und der trottete, als ob er nie etwas anderes vorgehabt hätte, hinter Renate her, die Rampe hoch ins Innere des Anhängers.

Aurelie klatschte. „Bravo, Mila!", rief sie begeistert. „Du hast die Situation durch Adessos Augen gesehen und ihm nicht einfach deinen Willen aufgezwungen. Und du hast es wunderbar gelöst. Ich bin so stolz auf dich!" Sie rannte auf Mila zu und umarmte sie stürmisch. „Das ist genau das, was ich dir beibringen wollte. Die Pferde zu verstehen und dich in sie hineinzuversetzen. Das Reiten, das kommt dann ganz von alleine. Wichtig ist, dass du und dein Pferd ein Team seid. Nimm das mit nach Marum und bewahre dir das, Mila!" Aurelie löste die Umarmung und wischte sich eine Rührungsträne aus dem Augenwinkel. „Und jetzt, da alle verpackt und verstaut sind, ab mit euch! Aber schnell. Sonst kann ich euch leider nicht mehr gehen lassen!", schniefte sie und bemühte sich zu lächeln.

Mila schluckte. Sie spürte, dass sie auf Aurelies Reiterhof immer zu Hause sein würde und sie Aurelie und ihre gemütlichen gemeinsamen Nachmittage schrecklich vermissen würde.

Als Chris den schwarzen Kombi mit dem unerwarteten Zusatzgepäck durch das Tor des Reiterhofs lenkte, kurbelte Mila das hintere Fenster nach unten, lehnte sich, so weit es ging, nach draußen und winkte Aurelie zu, bis die nur noch als kleiner Punkt zu sehen war. Ihr Abenteuerjahr auf Marum konnte beginnen!

Gemischte Gefühle

Der Wagen rumpelte und hoppelte langsam über die Insellandstraße.

Mila schloss die Augen. Jetzt erst merkte sie, wie müde sie war. Die Überfahrt mit der Fähre hatte gut geklappt. Sie hatte zweimal nach Adesso und Renate gesehen, aber die beiden waren trotz des Geschaukels ruhig geblieben.

Ganz anders als sie. Sie hatte immer wieder beunruhigt daran denken müssen, dass Adesso und sie sich schon bald von dem kleinen Pony würden verabschieden müssen.

„Wann sind wir da?“, fragte sie und gähnte.

„Bald“, antwortete ihr Vater. „Vielleicht zehn Minuten. Die Insel ist winzig. Schau, da vorne sind die ersten Häuser von Ritteck.“

Mila streckte sich und gähnte noch einmal. „Hoffentlich ist diese Stadt nicht so verschlafen wie ich gerade.“

Ihre Mutter lachte. „Na ja, sagen wir mal so: In Berlin ist sicher ein wenig mehr los. Aber immerhin gibt es einen super Reit-Shop. Da kriegst du vom selbst gebackenen Leckerli bis zur Bandage alles, was du dir vorstellen kannst. Den Rest wirst du schnell selbst herausfinden, denke ich."

Sie fuhren weiter. An den Salzwiesen entlang, auf denen die Schafe weideten.

„Sieht aus, als hätte jemand eine Packung Wattebällchen auf der Wiese verteilt", meinte Mila. „Niedlich, wie die da so puschelig herumstehen und fressen." Der Himmel schien irgendwie tiefer zu hängen. Aber das konnte ja gar nicht sein. Vielleicht lag das an der flachen Landschaft? Sie kurbelte das Fenster einen Spaltbreit herunter. Der Geruch von Salzwasser, Algen und Tang schwappte herein. Mila atmete tief ein. Ob Adesso diesen Geruch wohl auch mochte? Bestimmt. Ein kleiner Glücksfunken zischte durch ihren Bauch, als sie sich vorstellte, wie sie mit ihm über den Strand galoppierte.

„Und hier sind wir auch schon", sagte Chris und deutete auf eine Tafel am Wegesrand. „Willkommen im *Pferdeinternat Inselglück*" stand in verschnörkelter Schrift darauf. Chris bog auf den schmalen Weg ein. Der führte sie erst durch ein kleines dichtes Wäldchen. Als die Bäume sich lichteten, sah Mila, dass sie direkt auf ein riesiges Gebäude zufuhren. Sie staunte. So etwas hatte sie noch nie gesehen.

Der mittlere Teil schien schon recht alt zu sein. Er war aus roten Backsteinen gebaut und erinnerte Mila an ein Landschlösschen. In einem Halbkreis um das

Schlösschen herum befanden sich die geräumigen Stallungen. Das Ungewöhnliche an dem Gebäude war jedoch, dass das Hauptgebäude und die Stallungen durch einen modernen Bau aus Holz und viel Glas verbunden waren.

Bella sah Milas verwunderten Blick. „In dem alten Gebäude befinden sich die Schule und die Wohnungen der Lehrer. Die Schüler haben ihre Zimmer im Neubau. Ich glaube, es wird dir gefallen."

Mila nickte. „Im Internet sieht das Internat total unscheinbar aus. Komisch. Dabei könnte es sicher den ersten Preis bei *Schöner Wohnen* gewinnen."

„Das Internat soll nicht protzig wirken", sagte Bella. „Darauf ist Frau Steinbach, die Direktorin, sehr bedacht. Sie möchte, dass die Schüler wegen des Reitens hierherkommen und nicht, weil es gerade chic ist."

„Klingt ja ganz sympathisch", meinte Mila. „Du meinst also, es gibt keine Prinzessinnen, denen andere die Ställe ausmisten müssen und so was?"

„Nein, wirklich nicht", lachte Bella. „Die würde Frau Steinbach schneller von der Schule werfen, als ihr Pferd buckeln kann."

„Seht mal da vorne!", rief Chris. „Ich glaube, wir werden erwartet."

Vor dem Portal des Internats stand eine Traube Menschen und winkte. Mila und ihre Eltern stiegen aus.

Eine etwa fünfzigjährige Frau in Jeans und sportlichem Sakko kam freudestrahlend auf Chris und

Bella zu: „Herr und Frau Hofer, wie schön, Sie wiederzusehen.“ Dann blickte sie Mila an und streckte ihr die Hand entgegen. „Und du bist Mila? Ich freue mich sehr! Ich bin Frau Steinbach, die Direktorin von *Inselglück*.“

Mila schüttelte der Direktorin die Hand. Sie wusste nicht so richtig, was sie sagen sollte. „Ähm ... ja, hallo!“, druckste sie schließlich heraus.

„Mila! Endlich!“, quiekte in diesem Moment ein kleines Mädchen im rosa Prinzessinnenkostüm, das von der Seite auf Mila zustürmte. „Schau mal, ich bin Dornröschen. Und der blöde Prinz hat vergessen, mir das hier für die Hochzeit zu geben“, sagte sie und fuchtelte mit einer Kette aus roten Stoffrosen vor Milas Nase herum.

„Tini?“, fragte Mila kichernd. „Bist du das unter dem Kostüm?“

„Tini, nicht!“, rief eine blonde Frau, die Mila sofort als ihre Tante Caro ausmachte. „Lass Mila doch erst mal in Ruhe ankommen.“

„Versteh ich nicht, sie ist doch schon da!“ Tini stampfte nacheinander mit den Füßen auf, die in viel zu großen gelben Gummistiefeln steckten.

„Tini, klar, komm her. Ist doch logisch, dass du Mila begrüßen willst“, meinte Frau Steinbach und strich Tini übers Haar.

Tini rückte ihre Plastikkrone wieder gerade. „Ja, eben. Sie ist nämlich meine Ku... Kusstrine.“

„Cousine“, sagte Caro und lachte. „Mila ist deine Cousine.“

„Ja, dann eben Cousine. Halt jemand, mit dem man verwandt ist, aber bei dem es nicht eklig ist, ihn zu küssen!"

Tini zog den Mund zu einer Kussschnute und wackelte auf Mila zu. „Du darfst mich jetzt küssen!", verkündete sie und kniff die Augen zu.

Mila beugte sich herunter, umarmte ihre Cousine und schmatzte Tini ein Bussi auf die Backe.

„Herzlicher ist hier, soweit ich weiß, noch niemand begrüßt worden", meinte Frau Steinbach lachend. „Dann stelle ich dir ein paar wichtige Leute des Pferdeinternats vor, einverstanden?"

Mila wurde vor Freude ganz rot im Gesicht und nickte.

„Also, das sind deine Reitlehrer." Frau Steinbach zeigte auf eine junge Frau um die zwanzig, die ein wenig angestrengt lächelte, und auf einen Mann mit Bart und Holzfällerhemd, der Mila freundlich zuzwinkerte. „Tamara Reiners ist die Springtrainerin und Luke Verhoven ist für die Vielseitigkeit und das Natural Horsemanship zuständig", erklärte Frau Steinbach. „Steffen Gründgen, der Stallmeister, ist gerade unterwegs. Aber du wirst ihn sicher nachher kennenlernen, wenn du heute Abend Adesso versorgst."

„Und man kann nur hoffen, dass er nicht auch so einen Aufstand um die Neue macht wie die Steinbach. Kommt mitten im Schuljahr. So etwas hätten wir uns nicht erlauben können. Aber klar, wir haben ja auch keine Tante, die an der Schule arbeitet", hörte Mila jemanden genervt murmeln. Sie blickte auf. Wer konnte so etwas Gemeines gesagt haben? Ein Mädchen mit roten Locken stieß ein anderes, mürrisch dreinblickendes Mädchen in die Seite und zischte: „He, Nele, was soll das? Mila hat dir doch gar nichts getan."

Nele funkelte erst das lockige Mädchen und dann Mila an und stampfte ohne ein weiteres Wort die Treppe hinauf.

Mila schluckte. Sie hatte es doch gewusst! Hier waren nur superhochnäsige Pferdetussis. Und hier sollte sie ein ganzes Jahr verbringen? Verdammt. Sie wollte wieder nach Hause. Und zwar sofort. Sie blickte Hilfe suchend zu ihren Eltern. Die schraubten aber gerade an der Kupplung des Pferdeanhängers herum und hatten die Sache gar nicht mitbekommen.

„Hallo, ich bin Charly!" Das Mädchen mit den roten Locken streckte Mila die Hand hin. „Mach dir bloß keinen Stress wegen Nele. Die ist zurzeit einfach total kotzig drauf. Beachte sie gar nicht, okay?"

„Mm, wenn du meinst." Mila war sich nicht sicher, ob sie den zornigen Gesichtsausdruck ihrer zukünftigen Mitschülerin so leicht aus dem Kopf streichen konnte. „Ich bin übrigens Mila."

Charly kicherte. „Das weiß ich doch. Seit Tagen haben wir hier im Internat kein anderes Thema mehr: wie du wohl aussiehst, was du für ein Pferd mitbringst, wie es heißt und so weiter. Am neugierigsten waren die Jungs. Die haben die ganze Zeit spekuliert, ob du wohl Polo spielen kannst."

„Polo? Das ist doch das Spiel, bei dem die Reiter mit

einem Schläger einen Ball treffen und im besten Fall auch noch ins Tor schießen müssen." Mila lachte. „Spielen das nicht nur englische Millionäre?"

„Kann schon sein. Unsere Zwillinge Mark und Jakob sind allerdings auch ganz heiß drauf."

„Nee, damit kann ich nicht dienen", sagte Mila. „Aber jetzt muss ich mal nach meinem Pferd schauen. Kommst du mit? Dann stell ich dir Adesso vor."

„Klar", antwortete Charly. „Adesso? Das ist ein cooler Name."

Mila freute sich über das Kompliment. „Finde ich auch", erwiderte sie. Sie ging mit Charly zum Anhänger, wo ihr Vater Adesso gerade rückwärts die Rampe herunterführte.

Als Adesso Mila sah, hob er den Kopf und wieherte zur Begrüßung.

„Hallo, mein Schöner", sagte Mila und strich dem dunkelbraunen Hengst über den Nasenrücken. „Schau dich mal um. Meinst du, hier können wir es ein ganzes Jahr aushalten?"

„Da, wo du bist, ist auch Adesso zu Hause", meinte Chris. „Er ist sehr auf dich bezogen."

„Und auf Renate", fügte Mila hinzu. „Das wird ganz schön schwierig für ihn werden, wenn ihr sie gleich wieder mitnehmt."

In diesem Augenblick rannte Tini mit wehendem Prinzessinnenkleid die Rampe hoch und blieb mit glänzenden Augen vor Renate stehen. Die trat einen Schritt nach vorne und schnupperte an der Stoffblume, die Tini an ihr Kleid gesteckt hatte. Offensichtlich roch sie ihr nicht gut genug, denn sie wandte den Kopf sofort wieder ab.

„Da bist du ja endlich“, flüsterte Tini und streckte vorsichtig die Hand nach dem Mini-Pony aus. „Mein Elfenpony!“

Elfenpony?! Mila und Charly mussten kichern. Es war einfach *zu* niedlich, wie Tini in ihrer Prinzessinnenkleidung vor der ganz und gar unelfenhaften Renate stand und sie verzückt ansah.

Renate witterte sofort ihre Chance, an ein paar Extra-Leckerli zu kommen, und ließ sich bereitwillig von Tini eine kleine Plastikkrone in die Mähne binden und aus dem Anhänger führen.

„Toll machst du das“, lobte Tini und führte Renate am Stallhalfter über den Innenhof zu den Stallungen. „Du bist ein ganz feines Elfenpony!“

„Auweia“, sagte Mila.

„Ach lass sie doch! Sie wünscht sich schon so lange ein Pony. Aber ihre Mutter war bisher dagegen.“ Charly winkte Milas Tante zu, die gerade auf die beiden Mädchen zukam.

„Das Blöde daran ist, dass mein Pony nicht bleiben darf“, antwortete Mila traurig. „Wir haben sie nur mitgenommen, weil Adesso sonst nicht in den Anhänger gegangen wäre.“

„Die arme Tini!“ Charly sah Mila mitfühlend an. „Und du? Das fällt dir doch bestimmt auch nicht leicht.“

„Überhaupt nicht. Ich kenne Renate schon mein ganzes Leben. Mit meinen Eltern kann ich wenigstens skypen. Aber digital schmusen geht ja leider nicht." Mila lächelte gequält. „Vermissen werde ich sie alle drei. Zum Glück habe ich noch Adesso."

„Na, habt ihr euch schon bekannt gemacht?" Caro legte Mila den Arm um die Schulter. „Ich hab mir gleich gedacht, dass ihr euch gut verstehen werdet."

„Hallo, Frau Hofer", sagte Charly.

„Mila, kann ich mal kurz mit dir unter vier Augen sprechen?", fragte Caro.

„Kein Problem. Ich wollte sowieso gerade mal nach Vanilla schauen", sagte Charly schnell. „Nicht dass sie sich Hals über Kopf in Adesso verliebt und dem guten Jolly Jumper untreu wird." Damit verschwand sie in Richtung Stall.

„Ich verstehe nur Pferdeapfel." Mila guckte Charly verwundert nach. „Wer ist Vanilla? Und wer Jolly Jumper?"

Caro lachte. „Da kann ich dir weiterhelfen. Vanilla ist Charlys Stute und Jolly Jumper ist der Hengst von Reitlehrer Luke. Aber eigentlich wollte ich dich etwas ganz anderes fragen."

„Schieß los!"

„Es geht um Renate", begann Caro. „Was würdest du dazu sagen, wenn sie doch hierbleiben könnte?"

Milas Blick verdüsterte sich. „Keine Chance. Papa hat Frau Steinbach schon gefragt. Jeder Schüler darf nur *ein* Pferd mitbringen. Das ist eine eiserne Regel hier im Internat. Und so nett Frau Steinbach auch wirkt, da hat sie nicht mit sich reden lassen."

„Mm, ja. Eigentlich stimmt das auch. Aber Chris hat

ihr gerade von der Sache mit dem Anhänger erzählt. Und sie befürchtet, dass Adesso zu sehr trauern würde. Als sie erfahren hat, dass die beiden bei Aurelie in einer Box standen, war sie bereit, eine Ausnahme zu machen – für Adesso, für dich und für …" Caro strich sich eine lose Strähne aus der Stirn. „… Tini. Die ist völlig aus dem Häuschen, seit sie Renate gesehen hat." Caro hielt ihren Arm hoch, an dem eine pinkfarbene Digitalkamera hing. „Sie hat sogar ihre heiß geliebte Kamera im Stall liegen lassen. In ihrem Kopf galoppiert nur noch Renate." Sie lächelte. „Ich hatte sowieso mit dem Gedanken gespielt, ihr ein eigenes Pony zu kaufen, aber so … Das wäre doch die beste Lösung für alle!"

Mila strahlte übers ganze Gesicht. „Echt? Renate darf bleiben? Meinst du das ernst?"

Caro nickte.

Mila fiel ihrer Tante um den Hals. „Das wäre ja … also das ist … megagenial! Danke. Das muss ich gleich Adesso erzählen."

„Und ich werde Tini mal ihre Kamera zurückbringen", meinte Caro. „Bestimmt will sie heute noch das ein oder andere Foto von Renate schießen."

Ein ganzes halbes Zimmer

Der erste Tag im Internat hätte auch schlimmer anfangen können, dachte Mila, als sie mit ihrem Rollkoffer den hellen Flur entlangrollte, von dem die Zimmer der Internatsschüler abgingen. Ihre Eltern waren schon gefahren, sie hatte sich keinen langen Abschied gewünscht. Und mit Adesso *und* Renate an ihrer Seite war es ihr leichter gefallen, als sie gedacht hatte. Mila fand es erstaunlich, was für eine beruhigende Wirkung das Pony auf sie hatte. Und auch auf Adesso. Mila tastete nach dem kleinen Hufeisen, das an einer Kette um ihren Hals hing. Der Talisman ihrer Mutter! Der, den sie immer getragen hatte. Gestern hatte sie ihn Mila gegeben, damit er sie beschützte. Das Baumeln um den Hals war ungewohnt, aber als Mila das goldene Hufeisen berührte, spürte sie beinahe die Nähe ihrer Mutter.

Sie sah auf den Schlüssel, den Frau Steinbach ihr gegeben hatte. „Fernblick“ stand darauf. Puh. Einen kitschigeren Namen hatte sich die Direktorin auch nicht ausdenken können. Wie wohl die anderen Zimmer hießen? „Rot glühender Sonnenuntergang“ und

„Sommer-Apfelblütentraum“? Kichernd zog sie den Koffer weiter. Aus einem der Zimmer klang traurig-düstere Musik und jemand sang ziemlich schief aus vollem Hals mit. Zwischen den Türen waren runde Fenster in die Wand eingelassen. Wie Bullaugen auf einem Schiff. Neugierig linste Mila hindurch. Das war ja cool! Durch die Fenster konnte man direkt in den Stall gucken. Man musste also nicht erst hinaus, um zu sehen, ob es den Pferden gut ging.

Mila suchte das Bullauge, durch das sie zu Renate und Adesso sehen konnte. Da waren sie. Sie standen entspannt in der Box und fraßen Heu. Sehr gut. Dann konnte sie ja jetzt in Ruhe auspacken. Ihr Blick fiel auf die nächstgelegene Tür. „Fernblick“ stand darauf – hier war sie richtig. Sie sperrte auf und drückte die Klinke nach unten.

„Spinnst du?“, rief jemand wütend. „Kannst du nicht anklopfen?“

„’tschuldigung“, murmelte Mila verwirrt. „Ich dachte, das ist mein Zimmer.“

Mila wollte schon wieder kehrtmachen, um zu Frau Steinbach zu gehen und den Irrtum aufzuklären, da tönte es von innen: „Wessen Zimmer das ist, ist Ansichtssache. Bis gestern war es jedenfalls meins.“

Mila stutzte. Die zornige Stimme hatte sie doch schon mal gehört ... war das nicht Nele? Sie öffnete die Tür. Tatsächlich! Nele saß auf ihrem Bett und wickelte rot-weißgestreiftes Absperrband auf die Rolle zurück. Ihre blonden langen Haare hingen ihr dabei wie ein Vorhang vor dem Gesicht.

„Bleib besser draußen, bis ich fertig bin“, knurrte sie und deutete auf das Bett unter dem Fenster. „Das da drüben wird deine Hälfte.“

Mila wusste überhaupt nicht, was sie sagen sollte. Wieso hatte Nele quer durch das Zimmer eine kniehohe Mauer aus ausrangierten Cavalettis aufgebaut? Und Absperrband wie ein Spinnennetz von der Garderobe zum Badezimmer gespannt. Plötzlich machte es KLICK. Konnte es sein, dass sie hier gar kein Zimmer für sich alleine haben würde? Und noch viel schlimmer: Konnte es etwa auch sein, dass sie sich dieses Zimmer mit der Oberzicke Nele würde teilen müssen?

„Wir wohnen also hier zusammen?“, fragte sie ein wenig forscher als geplant.

„Großes Missverständnis“, antwortete Nele kühl. „Du wohnst hier und ich wohne hier. Aber wir wohnen hier nicht *zusammen*. Verstanden? Ich hab mir bestimmt nicht ausgesucht, dass jemand bei mir einzieht.“

„Das hab ich schon kapiert.“ Mila drückte das straff gespannte Plastikband neben ihr ein Stück herunter. Als sie es losließ, schnalzte es wieder nach oben.

„Lass das bloß in Ruhe“, sagte Nele und warf Mila einen finsteren Blick zu. „Ich warne dich!“

„Darf ich fragen, warum du so sauer auf mich bist?“, wollte Mila wissen.

„Nee, das darfst du nicht. Das geht dich nämlich überhaupt nichts an. Und hiermit wären wir bei Punkt zwei. Das unnötige Gelaber lässt du bitte bleiben. Ich habe nicht die geringste Lust, mit dir über ‚coole Jungs', ‚süße Pferde' oder ‚Flechtfrisuren' zu reden. Der ganze Mädelskram interessiert mich null Komma null. Ist das klar?"

Mila spürte, wie die Wut rot und heiß durch ihren ganzen Körper raste. Was bildete sich diese Nele eigentlich ein? Nein, hier wollte sie keine Sekunde länger bleiben.

Ohne etwas zu sagen, knallte sie den Koffer auf das Absperrband. Mit einem PLOPP zerriss das dünne Plastik und die losen Enden fielen auf den Boden.

Nele sprang wütend aus dem Bett. „Bist du bescheuert? Ich hab doch gesagt, du sollst es in Ruhe lassen. Jetzt ist es kaputt!"

Mila krallte ihre Fingernägel so fest in die Handfläche, dass es wehtat. Dann stürmte sie auf die Mauer aus Cavalettis zu und trat wütend dagegen. Der mittlere Teil der Mauer kippte und eines der Cavalettis fiel Nele auf die Füße.

„Du ... du ... du ... bist ja gemeingefährlich", zischte Nele und hielt sich den linken Fuß. „Das wird ein Nachspiel haben!"

Mila erschrak. Das hatte sie nicht gewollt. Nele war zwar superunverschämt zu ihr gewesen, aber sie hatte ihr nicht wehtun wollen. Sie war einfach explodiert. Wie immer, wenn sie wütend wurde. Dann dachte sie einfach überhaupt nicht nach.

Panisch rannte sie auf den Flur. Durch die Glastür und über den Hof. Sie rannte an den Stallungen vorbei in das kleine Wäldchen, das dahinterlag. Sie rannte und rannte, bis sie sich nach Luft japsend an einen Baum fallen ließ. Warum hatte sie ihre Eltern nur so früh schon fahren lassen? Sie wollte weg hier. Diese blöde Nele. Ausgerechnet mit der musste sie sich ein Zimmer teilen. Schöne Scheiße!

„Ahhhhhhh“, schrie sie, so laut sie konnte. „Ich will heim! Sofort.“

Plötzlich stand ein Junge mit einer Schubkarre voller Kleinholz vor ihr.

„Sag mal. Warum schreist du hier denn so rum? Ich hab mich fast zu Tode erschreckt.“

Mila sah den Jungen an. Es stimmte, er war wirklich ganz blass.

„’tschuldigung“, murmelte sie. „War keine Absicht.“

„Entschuldigung angenommen. Kann ich dir irgendwie helfen? Ich bin übrigens Michel. Mein Vater ist der Stallmeister hier im Pferdeinternat.“ Michel ließ die Schubkarre mit einem Rums auf den Boden krachen. „Bist du Mila? Alle sind ganz schön aufgeregt wegen dir.“

„Ja, stimmt. Die Aufregung war allerdings völlig unnötig. So wie es aussieht, bin ich hier nämlich bald wieder weg.“

Michel sah Mila erstaunt an. „Warum das denn? Die meisten haben hart gearbeitet, um überhaupt im Internat aufgenommen zu werden. *Inselglück* hat einen super Ruf. Wenn du Karriere als Springreiterin machen und sogar in den Olympiakader möchtest, dann bist du hier genau richtig.“

„Genau darum geht es ja. Ich will überhaupt keine Springreiterin werden. Und Karriere will ich schon gar nicht machen. Und ich hab auch nicht hart trainiert oder so was. Der einzige Grund, warum ich hier bin, ist, dass meine Eltern für ein Jahr ins Ausland gehen und meine Tante im Internat Lehrerin ist. Das ist das ganze Geheimnis. Ich reite zwar gern und habe ein Pferd, aber ich schwöre dir, Adesso ist in seinem Leben noch nicht mal den einfachsten Parcours gesprungen. So viel dazu. Und nach Hause will ich, weil mein Zimmer unbewohnbar ist."

„Das kann doch gar nicht sein, die Zimmer sind alle ganz neu. Ich würde was drum geben, wenn ich dort wohnen dürfte, glaub mir. Ich wohne mit meinem Vater im Altbau. Dort ist es kalt und feucht."

„Ich tausche gerne: kalt und feucht gegen einen wütenden Drachen", antwortete Mila.

Michel zog die Augenbrauen nach oben. „Oh. Ich verstehe. Du bist mit Nele in einem Zimmer?"

„Richtig. Und niemand hat mich vorgewarnt. Ich bin direkt in die Drachenhöhle getapst."

„He, so schlimm wird es schon nicht werden." Michel klopfte Mila auf die Schulter. „Wenn Nele Feuer speien will, ist es meistens nur Rauch. Ich kenne sie nun schon eine ganze Weile."

Mila stellte sich Nele als Babydrache vor, aus dessen Mund kleine Rauchwölkchen aufstiegen. Sie musste grinsen. Und Nele schien auf einmal wesentlich weniger bedrohlich.

„Weißt du, was?", sagte Michel und unterbrach

Milas Gedanken. „Ich zeige dir jetzt, wo alles im Stall ist. Und du sagst mir, was ich über dein Pferd wissen muss. Adesso heißt es, richtig?"

„Stimmt. Also hast du ihn schon kennengelernt?"

Michel nickte. „Du hast ein tolles Pferd. Und soweit ich sehen konnte, wäre er perfekt fürs Springen. Gibt es einen Grund, warum du es noch nie versucht hast?"

Sie gingen den schmalen Waldweg entlang zum Stall. Michels Schubkarre holperte über die Wurzeln im Boden.

„Eigentlich weiß ich es gar nicht so recht", überlegte Mila. „Ich glaube, ich mag die Konkurrenz und den ganzen Druck nicht. Für mich muss Reiten Spaß machen. Statt ständig noch höher und weiter über Hindernisse zu springen, fand ich es schon immer besser, lange Tourenritte zu machen. Mit Zelt und Schlafsack und allem Pipapo."

„Das mache ich auch gerne", meinte Michel und schob das Tor zum Pferdestall zur Seite. „Hättest du Lust, bald mal mit mir auszureiten?"

Mila strahlte. „Klar. Gerne."

„Abgemacht", erwiderte Michel. „Aber dazu musst du noch wissen, wo hier der Sattel hängt. Bist du bereit? Denn die ultimative Spezial-Michel-Führung durch den Stall des weltberühmten *Pferdeinternats Inselglück* beginnt genau: jetzt!"

„Fast bereit", antwortete sie. „Vorher muss ich noch ganz dringend zwei süße Pferde knuddeln."

Springtraining

Während Michel Mila alles gezeigt hatte, waren immer mehr Mädchen und Jungen in den Stall gekommen, um ihre Pferde für das anstehende Springtraining fertig zu machen.

Mila hatte Charly sofort entdeckt und ihr geholfen, Vanilla, eine cremefarbene, wunderschöne Hannoveraner-Stute, zu striegeln. Dabei hatte sie ihr alles über ihr merkwürdiges Erlebnis mit Nele erzählt. Allerdings sehr leise, denn Nele hatte ihr Pferd Pferdinand, einen großen, sehr ruhig wirkenden Apfelschimmel, nur wenige Meter vor ihnen in der Stallgasse angebunden, um aufzusatteln.

„Ich habe echt nicht gewusst, dass die Steinbach dich ausgerechnet zu Nele ins Zimmer steckt“, flüsterte Charly mitleidig. „Franzi ist auch allein auf dem Zimmer. Sie hört zwar schrecklich düstere Musik, aber sie ist total nett. Da drüben steht sie übrigens.“ Charly deutete auf ein Mädchen, das ganz in Schwarz gekleidet war. Sie hatte lange schwarze Haare und ihre Augen waren so dick mit schwarzem Kajal umrandet, dass sie Mila an einen Pandabären erinnerte.

Neben ihr stand ein schwarzer Araberhengst. „Ihr Pferd heißt Black Velvet“, fuhr Charly fort. „Na ja, sie muss sich wenigstens morgens nie fragen, ob ihre Klamotten farblich zusammenpassen – oder zu ihrem Pferd.“

„Ich glaube, ich habe sie vorhin singen hören“, sagte Mila. „Und wer ist das da?“ Sie deutete auf ein Mädchen, das komplett in Rosa gekleidet war. Sogar ihr Reithelm war pinkfarben. „Ist sie das Gegenstück zu Franzi?“ Mila kicherte.

„Könnte man so sagen“, meinte Charly grinsend. „Das ist Isa, meine Zimmergenossin, mit ihrer Stute Melodie. Isa liebt alles, was rosa, puschelig und glänzend ist. Aber davon abgesehen ist sie ganz in Ordnung.“

„Hast du ein Glück“, sagte Mila. „Wenn das Neles einzige Schwäche wäre, würde es mir deutlich besser gehen.“ Sie nahm Vanillas Trense und wollte sie ihr über den Kopf streifen. Sie stutzte: „Was sind denn da für Wappen eingeprägt?“, fragte Mila neugierig.

„Ach, das ist nur, weil Vanilla aus einem königlichen Stall stammt. Das hat nichts weiter zu bedeuten“, erklärte Charly.

„Wow, das ist ja cool. Woher denn?“

„Keine Ahnung. Hat mich nie interessiert.“ Charly wandte sich ein wenig ab. „Willst du Adesso nicht auch fertig machen?“

„Nö. Adesso und ich springen nur im Gelände. Nicht über so blöde Holzstangen oder künstliche Wassergräben.“

„Schade. Tamara ist die beste Springtrainerin, die man sich wünschen kann. Sie ist zwar auch gnadenlos kritisch, aber nur wenn sie merkt, dass man nicht ganz bei der Sache ist. Außerdem ist Luke dabei. Er reitet sein Pferd ohne Sattel und Trense. Jolly Jumper reagiert einfach auf die Hilfen, die Luke mit seinem Körper gibt. Sie verschmelzen förmlich“, schwärmte Charly. „Er hat mir schon so viele gute Tipps gegeben. Ich verstehe Vanilla jetzt viel besser als früher und sie mich auch.“

Mila wunderte sich. Das klang ganz nach Aurelie. So einen Trainer gab es hier auf Marum? Und er begleitete das Springtraining? Vielleicht war der Reitunterricht doch nicht so übel, wie sie zunächst befürchtet hatte?

„Klingt richtig cool“, gab sie zu. „Ich werde mir das Ganze gleich mal ansehen.“

Eine Viertelstunde später stand Mila am Rand des Reitplatzes und beobachtete das Training. Nele ritt gerade mit Pferdinand den Parcours.

Tamara sah sehr zufrieden aus. „Super, Nele“, rief sie. „Perfektes Timing für den Absprung. Und jetzt: schön ruhig den Oxer nehmen. Ja, nach dem Sprung mit den Händen nachgeben!“

Nele warf Mila im Vorbeigaloppieren einen hochmütigen Blick zu.

Doch Mila beachtete sie gar nicht weiter, sondern konzentrierte sich auf Charly, die sich nun für die Runde bereit machte. In diesem Moment flog ein

Schwarm Krähen laut kreischend über die Köpfe der Reiter hinweg.

Vanilla wieherte ängstlich und wich nach hinten aus. Charly beruhigte die Stute, indem sie sie am Hals streichelte und ihr etwas ins Ohr flüsterte.

„Sie fürchtet sich vor Vögeln. Immer noch“, sagte Charly entschuldigend.

„Komm nach der Stunde zu mir“, bot Luke an. „Ich würde gerne etwas mit ihr ausprobieren.“

Charly nickte dankbar und ritt los.

Doch schon beim ersten Hindernis riss Vanilla zwei Stangen. Und vor der Mauer verweigerte sie völlig.

Charly versuchte es noch zwei Mal – ohne Erfolg.

„Wir dürfen nichts erzwingen“, sagte Tamara. „Reite mit Vanilla ein paar Runden auf dem Abreitplatz, ja? Dann probieren wir es später noch einmal, wenn sie sich wieder konzentrieren kann.“

Mit hängendem Kopf trabte Charly an den Rand des Platzes.

Mila lächelte ihr aufmunternd zu.

Nun sprangen zwei Jungs, die Mila zwar vorhin im Stall gesehen hatte, aber deren Namen sie nicht kannte. Sie ritten gut – sehr gut sogar, soweit Mila das beurteilen konnte. Ihre fuchsfarbenen Pferde flogen förmlich über die schwierigsten Hindernisse. In der Sonne sah ihr rotes Fell aus, als würde es glühen. Wie ein Komet, fuhr es Mila durch den Kopf. Bis auf die lange Blesse, die das eine Pferd trug, konnte man sie kaum unterscheiden. Ganz anders die beiden Jungen. Der blonde lachte entspannt, der dunkelhaarige dagegen verzog während des Ritts verbissen das Gesicht. Mila nahm sich vor, Charly nach der Stunde nach ihnen zu fragen. Doch für den Moment hatte sie genug gesehen. Sie beschloss, auf ihr Zimmer zu gehen und erst einmal auszupacken. Nele würde sie nicht stören, die war hier auf dem Reitplatz – die Gelegenheit war also günstig.

Mila legte ihr Handy zur Seite. Es war gut gewesen, mit Mama und Papa zu reden. Aber einen ultimativen Tipp für ihr Nele-Problem hatten sie natürlich auch nicht gehabt. Mama hatte ihr geraten, die Sache bloß nicht zu persönlich zu nehmen, aber das war leichter gesagt als getan. *Sie* musste schließlich nicht in einem Wust aus schlechter Laune und Absperrband leben …

„Mila? Bist du da?", rief eine hohe Stimme. Es war Tini.

„Klar, die Tür ist offen."

Tini balancierte ein volles Tablett mit zwei dampfenden Tassen und einer Schale mit Keksen durch die Tür. Doch sie kam nicht weit, denn auf dem Boden lag ein Berg aus Reitstiefeln, Chaps und eine kaputte Putzbox.

„Was ist denn hier passiert?", fragte sie und starrte auf das Durcheinander von Kleiderbergen, Cavaletti-Mauer und Plastikband. „Sieht aus, als hätte Renate den Nachmittag hier verbracht." Sie kicherte.

„Nele ist mir passiert", sagte Mila. „Die hat unser Zimmer in zwei Hälften geteilt."

„Und deine ganzen Sachen aufs Bett geschmissen?"

„Nein, das war ich selber“, gab Mila zu.

Tini schob mit dem Ellbogen einen Stapel Unterhosen von Milas Schreibtisch, die aufs Bett daneben plumpsten, und stellte das Tablett ab. „Das soll ich dir von Frau Käthe, unserer Köchin, bringen. Kekse und eine Tasse Tee. Und ich soll dir sagen, dass es in einer Stunde Abendessen gibt.“

„Das ist total lieb, danke, Tini.“

„Die andere Tasse ist für Nele.“ Tini sah Mila fragend an. „Aber die ist ja gar nicht da. Und eigentlich hat sie auch gar keinen Tee verdient, wenn sie so was hier macht, oder? Die Blöde.“

„Stimmt. Greif zu!“ Mila hielt Tini die Kekse hin. Tinis Augen leuchteten auf und sie nahm sich gleich drei auf einmal.

„Lecker. Frau Käthe kann einfach alles auf der Welt am allerbesten kochen und backen“, sagte sie und steckte die Kekse gleichzeitig in den Mund.

„He, nicht so gierig. Sonst krieg ich noch Ärger, wenn du gleich nichts mehr zu Abend isst.“

„Quatsch. Ich hab einfach immer Hunger. Wie Renate“, antwortete Tini und stopfte den vierten Keks nach. „Warum hat Nele das denn gemacht, Mila?“, fragte sie dann. „Ist die sauer auf dich?“

„Sauer ist sie auf jeden Fall. Aber ich hab überhaupt keine Ahnung, warum.“ Mila seufzte.

„Also wenn man sauer ist, muss man schon sagen, warum. Sonst ist es gemein. Meinst du, sie ist nicht mehr böse, wenn du deine Sachen ganz gut aufräumst? Ich helfe dir, okay?“

Mila konnte sich zwar beim besten Willen nicht vorstellen, dass es daran lag, aber ihr fiel gerade auch nichts anderes ein.

„Einverstanden“, meinte sie. „Wer als Erste fünf Unterhosen gefaltet hat, hat gewonnen. Achtung, fertig, los …“

Krach beim Abendessen

Eine halbe Stunde später betrat Mila den gläsernen Übergang, der den Wohntrakt der Schüler mit der Schule verband. Sie war froh, noch ein wenig Zeit bis zum Abendessen zu haben und sich alles in Ruhe ansehen zu können. Das Einräumen war erstaunlich schnell gegangen. Mit Tinis Hilfe hatte sie alles ganz fix und fast ordentlich im Schrank verstaut. Tini wollte vor dem Abendessen gerne noch einmal nach Renate schauen, also war Mila alleine losgezogen. Als sie an ihre Cousine und Renate dachte, machte sich ein ganz warmes Gefühl in ihrem Bauch breit.

Zwar hatte sie sich nie eine kleine Schwester gewünscht, aber nun spürte sie genau, dass sie Tini schon nach so kurzer Zeit ziemlich gern mochte. Und dass Renate durch ihre Cousine ein Extra-Wellness-Wohlfühl-Programm bekam, fand sie einfach nur super.

Mila stellte sich an eines der großen Fenster und blickte auf den Hof. An den Festbindestangen standen noch zwei Pferde. Sie erkannte die beiden edlen Füchse von Beastie-Boy und Sunny-Boy. So hatte sie die beiden Jungs mit der gegensätzlichen Laune vorhin heimlich getauft. Offensichtlich hatten sie nach der Springstunde noch eine Extra-Schicht eingelegt.

Daneben schwang sich Charly gerade von Vanilla. Sie sah ziemlich deprimiert aus. Ob Luke der ängstlichen Stute hatte helfen können? Ein gut ausgebildetes Springpferd durfte einfach keine Angst vor Vögeln haben. Aber das konnte sie Charly ja auch später noch fragen.

Mila ging weiter. Als sie in den alten Gebäudeteil mit den dicken Steinmauern kam, stand sie in einer großen Halle mit gewölbter Decke, die von dicken Säulen getragen wurde. Es war kalt hier. Sie schlang die Arme um sich und nahm sich vor, das nächste Mal auf jeden Fall einen Pulli mitzunehmen. Mila sah sich um. Links und rechts hingen Bilder von berühmten Pferden und ihren Reitern. Einige der Bilder schienen richtig alt zu sein, denn die Leinwand sah schon bröckelig aus. An den Wänden entlang reihten sich Vitrinen, in denen Hunderte Pokale und Rosetten von erfolgreichen Turnieren ausgestellt waren. Kein Wunder, dass die Schule einen so guten Ruf hatte. Am anderen Ende der Halle standen Stuhlreihen vor einer Bühne. Das hier muss die Aula sein, dachte Mila. Alles wirkte ein wenig einschüchternd auf sie, zu groß und überhaupt nicht gemütlich.

Plötzlich sah sie einen wehenden schwarzen Stofffetzen hinter einer der Säulen verschwinden. Sie erschrak.

„Hallo?", fragte Mila in die Stille hinein. „Ist da wer?"

Ihre Stimme hallte von den Steinwänden wider.

HAAAATSCHI!

Ein rundes, blasses Gesicht guckte hinter der Säule hervor und kicherte. „Mist, jetzt habe ich mich wohl verraten."

„Franzi?", fragte Mila. „Bist du das?"

„Ja, woher weißt du, wie ich heiße?" Franzi sah Mila verblüfft an.

„Charly hat es mir verraten."

„Auch schon egal. Und dass ich die schwarze Reiterin ohne Pferd bin, die hier schon seit Jahrhunderten spukt, glaubst du mir ja jetzt sowieso nicht mehr. Ich habe es voll versemmelt. Die anderen werden total sauer auf mich sein."

„Sauer? Wieso sauer?"

„Okay, ich erkläre es dir. Es ist so eine Art Aufnahmeritual. Den Neuen an der Schule wird immer die schwarze Reiterin ohne Pferd vorgespukt. Dann kommen noch ein paar Andeutungen, eine unheimliche Geschichte zum rechten Zeitpunkt und fiese Geräusche – natürlich nachts. Und schwupp können die vor Aufregung und Angst nicht mehr schlafen. Ich spreche aus Erfahrung, die Klasse über uns hat die schwarze Reiterin supergruselig gespielt. Wir hatten alle so einen Schiss! Am meisten Nele", erinnerte sich Franzi.

„Mm, und wenn wir den anderen nicht verraten, dass ich es schon weiß?", schlug Mila vor. „Ich tue einfach so, als ob ich mich fürchte. Ich will ja keine Spaßverderberin sein."

„Echt? Würdest du das machen? Cool."

Mila nickte. „Kein Problem. Das wird bestimmt witzig."

Ein lauter Gong ertönte.

„Gehört das auch zum Schwarze-Reiterin-Spuk?", fragte Mila.

„Nee, das ist nur der Gong fürs Abendessen", erklärte Franzi. „Das ist niemals gruselig, sondern immer ziemlich lecker."

Mila folgte Franzi die Treppe hinunter in den Speisesaal. Der Raum war fast so groß wie die Aula, nur dass hier überall helle Holztische mit bunten Stühlen standen. Schüler strömten durch die schweren Flügeltüren herein, holten sich ein Tablett und reihten sich in die Schlange vor der Essensausgabe ein. Die, die ihr Essen schon hatten, steuerten zielstrebig auf einen der Tische zu.

„Komm", sagte Franzi. „Sonst gibt es keine Pasta mehr. Frau Käthe ist berühmt für ihre Nudelgerichte. Die sind immer als Erstes aus." Sie nahm Mila am Arm und zerrte sie in die Reihe.

Sie hatten Glück. Mila ergatterte die letzte Portion Spaghetti bolognese.

Mit dem vollen Tablett in der Hand stand sie da und sah sich um. Alle Tische waren bereits besetzt. Und Charly konnte sie auch nirgends entdecken.

„Da drüben ist noch was frei", meinte Franzi und deutete auf einen Tisch in der Ecke. Tatsächlich. Zwei freie Stühle!

Sie kämpften sich durch die Menge. Mila versuchte,

möglichst wenig ihrer Apfelschorle zu verschütten. Als sie an dem Tisch angekommen waren, schwamm der Teller trotzdem in einem kleinen Schorlensee. Sie stellte das Tablett auf den Tisch und wischte es mit einer Serviette sauber.

„Hier ist schon besetzt."

Mila blickte auf. Ach du Schreck! Nele. Saß die eben auch schon da?

Franzi ließ sich unbeeindruckt von Neles Spruch auf den Stuhl plumpsen. „Mach dich nicht lächerlich. Im Speisesaal darf man keine Plätze besetzen. Also werden Mila und ich hierbleiben und essen", sagte sie und begann, in aller Ruhe die Nudeln auf ihre Gabel zu drehen. „Was ist überhaupt mit dir los? Bist du heute von Pferdinand gefallen, oder was?"

„Ihr müsstet doch mitbekommen haben, dass ich heute eine exzellente Springstunde hingelegt habe", erwiderte Nele schnippisch. „Im Gegensatz zu dir und Charly." Sie blies eine blonde lange Strähne aus dem Gesicht. „Ich weigere mich nur einfach, mit gemeingefährlichen Menschen an einem Tisch zu sitzen." Sie warf Mila einen bitterbösen Blick zu. „Vor allem", setzte sie noch einen drauf, „wenn man gezwungen ist, sich mit ihnen ein Zimmer zu teilen!"

„Aha. Daher weht der Wind." Franzi verdrehte genervt die Augen. „Du bist sauer, weil du dein Zimmer nicht mehr für dich alleine hast. Deine Probleme möchte ich haben."

Nele wurde erst rot wie die Paprika vor ihr auf dem Teller und dann weiß. Sie rang nach Worten. „Was …

was … weißt du schon von meinen Problemen", presste sie hervor. „Gar nichts! Einfach ÜBERHAUPT nichts!" Sie stand so ruckartig auf, dass ihr Stuhl umfiel, und stürzte aus dem Speisesaal.

„Klarer Fall von Doppel-Hysterie", meinte Franzi und schob sich die nächste Gabel Nudeln in den Mund. „Die beruhigt sich schon wieder."

„Also, ich weiß nicht", sagte Mila nachdenklich. „Ich finde es ganz schön heftig, wie sie sich verhält. Findest du nicht?"

„Bei Nele blickt keiner so richtig durch. Sie blockt jeden ab. Die totale Einzelkämpferin, wenn du mich fragst. Sie kann echt gut reiten, aber du wirst es nicht erleben, dass sie dir hilft oder dir einen Tipp gibt. Wir haben uns dran gewöhnt."

„Ist bei euch noch frei?" Charly stand mit einer dampfenden Portion Gemüsereis vor ihnen.

„Zufällig gerade ja", antwortete Franzi und zwinkerte Mila zu.

Charly setzte sich und schaute neidisch auf die Nudelteller. „Ich war wohl mal wieder zu spät. Wie immer."

„Konnte Luke Vanilla helfen?", fragte Mila.

„Wir machen ganz viel Vertrauensarbeit. Das klappt schon recht gut, aber es braucht seine Zeit. Vanilla ist eben noch sehr jung. Heute haben wir gemeinsam unter einer Decke gesteckt."

„Das kenne ich", meinte Mila. „Das mache ich mit Adesso auch. Man legt eine Decke über sich und den Pferdekopf. Für das Pferd ist das eine ganz angsterfüllende Situation. Aber es lernt dadurch, dir zu vertrauen."

„Genau. *Blind* zu vertrauen." Charly grinste. „Ich hoffe einfach, dass Vanilla auch die Vögel irgendwann nicht mehr stören. Luke weiß auch nicht genau, warum sie davor so viel Angst hat." Charly nahm die Serviette vom Tablett, faltete sie sorgfältig auf und legte sie auf ihren Schoß. „Ich wünsche einen guten Appetit", sagte sie und nippte mit spitzen Lippen an ihrem Wasserglas.

„Huch, macht man das so?", fragte Mila erstaunt. „Ich meine, das mit der Serviette?"

Franzi zuckte mit den Schultern.

Charly zog für einen kurzen Augenblick ein Gesicht, als hätte Mila sie beim Popeln ertappt, knüllte die Serviette zusammen und warf sie auf den Tisch. „Nein. *So* macht man das!" Sie kicherte. „Übrigens möchte ich euch zu meiner Nachgeburtstagsfeier einladen. Heute Abend um neun? Im Stall?"

„Ja, super. Ich hab noch 'ne Packung Chips auf dem Zimmer. Die bring ich mit." Franzi war gleich Feuer und Flamme. „Und das neueste Album von *Black Night*. Das ist megagigantisch."

„Franzi, das wird 'ne Party und keine Totenfeier. Kannst gerne Musik mitbringen, aber bitte etwas Fröhliches."

Mila erinnerte sich an die Klänge aus Franzis Zimmer und war froh um Charlys deutliche Ansage.

„Ich komme auch", sagte Mila. „Aber könnt ihr mich bitte vor meinem Zimmer abholen? Ich trau mich nicht alleine raus. Ich habe heute so was total Unheimliches in der Aula gesehen. Einen wehenden schwarzen Mantel oder so."

Charly blickte Franzi zufrieden an. „Aber klar! Das machen wir doch, nicht wahr?"

Aber als Charly nicht mehr hinsah, zwinkerte Mila Franzi verschwörerisch zu. „Na dann, los!"

Hufeisendrehen

BRUMM. BRUMM. BRUMM.

Mila sah auf ihr Handy, das sie auf Vibrationsalarm gestellt hatte. Fünf vor neun. Sie band ihre langen braunen Haare zu einem Pferdeschwanz und zog sich ihre Jeans und einen knallroten dicken Hoodie an. Das würde für eine Stallparty warm genug sein, trotz der kalten Märznächte. Zum Glück war Nele nicht da. Mila hatte sie nach ihrem großen Abgang im Speisesaal gar nicht mehr zu Gesicht bekommen. Neles Bett allerdings war zerwühlt und das Kopfkissen lag auf dem Boden. Merkwürdig. Der Rest von Neles Zimmerhälfte war nämlich ordentlich aufgeräumt. Fast schon kahl. Nirgends hing ein Bild von ihrer Familie oder von Pferdinand. Nicht mal ein kleiner Reit-Pokal oder eine Rosette. Nele war wirklich komisch. Vielleicht hatten ihre Mutter und Charly recht und sie durfte das fiese Verhalten ihrer Zimmerpartnerin nicht persönlich nehmen? Trotzdem: Es war einfach superunfair, wie Nele sich ihr gegenüber verhielt. Mila spürte Tränen aufsteigen. Oh nein. Jetzt bloß nicht weinen. Bald würden Charly und Franzi sie abholen.

Sie wischte sich mit dem Ärmel über die Augen, schnappte sich die Tüte Gummibärchen, die ihr Vater ihr noch zugesteckt hatte, und setzte sich aufs Bett. Sie riss sie auf und steckte sich gleich eine ganze Handvoll in den Mund. Lecker. Und tröstlich irgendwie.

Endlich klopfte es. Mila warf einen Blick in den Spiegel. Puh. Keine roten Augen und keine verquollene Nase! Sie hatte die Tränen gestoppt, bevor sie größeren Schaden anrichten konnten.

„Fertig?“ Charly legte den Kopf schief. „Wo ist denn Nele?

„Ich habe keinen blassen Schimmer“, antwortete Mila. „Ich hab sie seit dem Abendessen nicht mehr gesehen.“

„Vielleicht kommt sie noch nach. Und wenn nicht, dann verpasst sie eben die coolste Party ever. Selber schuld.“

Mila erschrak. Nele war auch zu der Party eingeladen? Dann konnte sie nur inständig hoffen, dass ihre Mitbewohnerin nicht auftauchte. Denn sonst, da war sie sich ganz sicher, würde die Party für sie alles andere als schön werden.

Sie gingen den Flur entlang und Mila sah durch eines der Bullaugen Michel, Beastie-Boy und Sunny-Boy auf einem Ballen Stroh sitzen.

„Wie heißen eigentlich die beiden Jungs, die heute in der Springstunde mittrainiert haben?“, wollte Mila wissen, der klar geworden war, dass sie die beiden schlecht mit dem Spitznamen ansprechen konnte, den sie ihnen gegeben hatte.

„Meinst du die Jungs mit den Fuchshengsten?“, fragte Charly. „Das sind Mark und Jakob. Sie sind Zwillinge.“

Das waren Mark und Jakob? Die Polo-Zwillinge, von denen Charly erzählt hatte?

„Die beiden sehen sich überhaupt nicht ähnlich“, sagte Mila erstaunt. „Ich wär im Leben nicht darauf gekommen, dass sie Zwillinge sind.“

„Stimmt schon. Die würde man auf den ersten Blick nicht zusammenstecken“, meinte Franzi. „Sie sind auch so unterschiedlich. Jakob ist meistens gut drauf und eine echte Witzkanone. Mark ist verschlossen und launisch. Und wenn es um seinen eigenen Reiterfolg geht, ist er total ehrgeizig und verbissen. Trotzdem halten die beiden zusammen wie Pech und Schwefel. Vor allem gegen ihre Eltern. Die wollen immer Erfolge sehen und machen richtig viel Druck. Sie träumen davon, dass ihre beiden Söhne in den Olympiakader kommen.“

„Wollen die zwei das denn auch?“

„Ich glaube, die wollen eigentlich am liebsten den ganzen Tag Polo spielen.“ Franzi lachte. „Dazu fehlen ihnen aber die passenden Mitspieler. Komm, lass uns in den Stall gehen. Dann kannst du sie am besten selber fragen.“

Im Stall war es warm. Charly hatte bunte Laternen mit flackernden LED–Kerzen aufgestellt und einer der Strohballen diente als Tisch für die Gläser und Limoflaschen. Über der Tür hing eine bunte

Wimpelkette. Im Hintergrund lief leise Gitarrenmusik und eine klare helle Stimme sang dazu. Mila hatte das Lied schon einmal gehört, konnte sich aber nicht an den Namen der Sängerin erinnern. Den Pferden schienen die sanften Klänge zu gefallen. Sie schnaubten zufrieden und guckten neugierig aus ihren Boxen.

Mila begrüßte Adesso und Renate, die sich ganz offensichtlich freuten, ihren Lieblingsmenschen heute so oft zu sehen. Mila nahm eine Karotte aus der Vordertasche ihres Hoodies, brach sie in der Mitte durch und hielt die Hälften Renate und Adesso hin. Renate war schneller. In null Komma nix war die Karotte weg und sie blickte Mila hungrig an. Mila lachte, beugte sich zu ihr und wuschelte Renates Mähnenansatz zu einer Pony-Punk-Frisur.

„Also die ist wirklich zum Anbeißen niedlich“, meinte Charly, die zugesehen hatte.

„Renate hat allerdings immer nur *Abbeißen* im Sinn. Sie ist so hemmungslos verfressen. Zumindest muss ich mir jetzt keine Gedanken mehr machen, dass sie zu dick wird.“ Mila pflückte einen silbernen Faden aus Renates Schweif und hielt ihn in die Höhe. „Tini trainiert sie für den Karneval der Tiere.“

„Tja, ein Elfenpony hat eben so seine Verpflichtungen“, sagte Charly.

Mila verriegelte die Box und folgte Charly zu den anderen.

„Wer kennt Mila noch nicht?“, fragte Charly.

Alle verstummten und sahen Mila an. Mark und Jakob und noch ein paar andere Mädchen und Jungen hoben die Hand. Mila wurde rot. Das waren eindeutig zu viele Augenpaare, die sie da musterten. Ahhh! Warum tat Charly ihr so etwas Peinliches an?

„Dann stell dich doch mal vor", fuhr Charly unbeirrt fort.

Mila warf ihr einen hilflosen Blick zu. „Jaaa, also, ich bin Mila", begann sie gedehnt. „Ich werde ein Jahr hier auf Marum sein, weil meine Eltern als Ärzte ins Ausland gehen. Und ich bin mit meinen Pferden Adesso und Renate da."

„Ist Adesso dieses Megapferd da drüben?", wollte Mark wissen. „Ich meine, der sieht zwar vielversprechend aus, aber ob du innerhalb *eines* Jahres hier die große Karriere machst, ist unwahrscheinlich."

„Ich will gar keine Springkarriere machen. Adesso und ich können gar nicht springen."

Mark sah Mila entgeistert an. „Was meinst du denn damit?", fragte er fassungslos. „Ist das dein Ernst?"

„Zumindest nicht so wie ihr. Klar springt er mal, wenn wir im Gelände sind, aber so einen richtigen Parcours bin ich mit ihm noch nie geritten."

„Tja, dann haben wir ja Glück gehabt. Ich dachte schon, mit dir haben wir uns die fette Konkurrenz eingefangen."

Jakob legte Mark die Hand auf den Arm. „Jetzt lass Mila sich doch erst mal hinsetzen und was trinken. Heute Abend sind wir keine Konkurrenten, sondern wir wollen Charlys Geburtstag feiern. Auf dich!" Er hob die Limoflasche nach oben und strahlte. Die anderen hoben ebenfalls ihre Flaschen und ließen Charly hochleben:

Zum Geburtstag viel Glück
Und 'nen fehlerfreien Ritt
Zum Geburtstag, liebe Charly,
Zum Geburtstag viel Glück

sangen sie laut.

Michel stellte sich neben Mila und reichte ihr eine Zitronenlimo. Er stieß den Boden seiner Flasche an Milas. KLONK! „Auf deinen ersten Tag auf Marum“, sagte er leise. „Es ist cool, dass du da bist. Und du bist …“, er überlegte kurz und grinste dann verlegen, „… auch ziemlich cool, soweit ich das beurteilen kann.“

Mila wurde schon wieder rot. Ketchuprot diesmal. „Danke“, antwortete sie. „Ich finde dich auch sehr nett.“

In diesem Augenblick legte Jakob ein Hufeisen auf den Boden und rief: „Wer spielt mit beim Hufeisendrehen?“

Alle waren dabei und setzten sich im Kreis um das Hufeisen herum.

„Charly ist als Erste dran“, schlug Franzi vor. „Schließlich hat sie Geburtstag.“ Damit waren alle einverstanden.

Charly zwirbelte das Hufeisen wie einen Kreisel. Als es mit lautem Poltern zum Liegen kam, zeigten die beiden Enden auf Mila und Michel.

„Wahrheit oder Pflicht?“, fragte Charly.

Mila sah Michel an. „Pflicht“, sagte sie und bereute es schon in der nächsten Sekunde. Was, wenn Charly nun wollte, dass sie Michel küsste? Sie kannte ihn doch noch nicht einmal richtig. Doch Michel schien ganz ruhig zu sein.

„Ihr habt die Pflicht …“ Charly hielt kurz inne.

Mila schloss die Augen und rechnete mit dem Schlimmsten.

„… zusammen in den Wald zu gehen. Dort müsst ihr fünf Minuten bleiben und dürft erst dann wieder in den Stall kommen“, fuhr sie fort und stellte die Stoppuhr ihres Handys.

Mila war erleichtert. In den Wald? Meinte Charly den kleinen Wald hinter den Stallungen? Und sie musste nicht einmal allein gehen? Das war ja ein Klacks.

„Kein Problem“, meinte Mila. „Komm, Michel, dann wollen wir mal.“

Michel lachte und nahm Mila an die Hand. „Nur damit ich mich nicht fürchte, wenn uns ein Geist begegnen sollte“, erklärte er ernst.

Ah! Nun begriff Mila. Diese „Pflichtaufgabe“ war Teil des Schwarze-Reiterin-ohne-Pferd-Aufnahmerituals. Da musste sie mitspielen – schließlich hatte sie es Franzi versprochen.

Sie ließ sich von Michel nach draußen führen. Die anderen, Jakob voran, drängten sich an die Stalltür, um nichts zu verpassen.

„Was meinst du mit ‚Geist begegnen‘?“, fragte Mila

und gab sich alle Mühe, ihre Stimme ängstlich klingen zu lassen.

„Es ist eine uralte Geschichte“, begann Michel zu erzählen. „Vor vielen Hundert Jahren lebte hier eine Prinzessin mit dem Namen Fiorella. Sie und ihre Stute Semiramis waren unzertrennlich. Doch eines Tages war Semiramis spurlos verschwunden. Viele, viele Monate suchte sie nach ihr. Sie hüllte sich in schwarze Mäntel, schlief nicht und aß nichts mehr. Schließlich kam es so, wie es kommen musste. Die Prinzessin starb an gebrochenem Herzen. Doch sie fand keine Ruhe. Als Schwarze-Reiterin-ohne-Pferd wandelt Fiorella noch heute durch das Internat, über die Koppeln und durch die Wälder und sucht ihre geliebte Stute.“ Die letzten Worte hauchte Michel so unheimlich, dass Mila Gänsehaut bekam.

„Das ist ja schrecklich traurig ... und gruselig“, antwortete Mila und musste fast gar nicht mehr schauspielern.

Plötzlich hörte Mila ein lang gezogenes Weinen. Ein Klagelaut, der ihr durch Mark und Bein ging. Sie krallte sich an Michel. „Was war das?“

„Die Reiterin ohne Pferd. Sie ruft nach Semiramis. Ich wusste es ...“, meinte Michel. Er zog Mila hinter eine große Tanne. „Wir müssen uns verstecken!“

Mila grinste. Zum Glück war es so dunkel, dass Michel es nicht sehen konnte. Verstecken? Vor einem Geist? Interessante Taktik.

Direkt vor ihnen raschelte es im Unterholz. Wieder ertönte der hohe Klagelaut, nur diesmal viel lauter als zuvor. Dann tauchte eine schwarz umhüllte Gestalt aus dem Gestrüpp und schwebte mit wehendem Gewand den Waldweg hinunter.

„Ich will wieder rein", japste Mila und wunderte sich selbst, wie echt ihre Angst klang.

Michel sah auf die Uhr. „Erst in zwei Minuten", sagte er. Offensichtlich war die Spukvorstellung noch nicht zu Ende.

In diesem Augenblick hörten sie einen dumpfen Schlag und jemand schrie ganz ungeisterhaft: „Au, verdammte Scheiße tut das weh!"

Nun wurde Michel tatsächlich unruhig. „Lass uns mal nachsehen, was da los ist", meinte er besorgt.

Mila nutzte die Chance, Michel zu ärgern und antwortete: „Ein Gespenst kann sich keine Knochen mehr brechen."

„Geist oder nicht Geist. Da ruft jemand um Hilfe", erwiderte Michel und stapfte los.

„Warte. Ich komm mit." Mila kämpfte sich aus dem Gestrüpp und folgte Michel.

Vor ihnen lag eine dunkle Gestalt auf dem Waldweg und weinte. Michel kniete sich neben sie. „Was ist passiert?", fragte er.

„Ich bin über eine Wurzel gestolpert. Und jetzt tut mein Bein höllisch weh!" Die Gestalt zog sich die Kapuze vom Kopf. Wie Mila vermutet hatte, kam Franzi zum Vorschein.

„Ich erklär dir das später", sagte Michel zu Mila. „Kannst du Franzi auf der anderen Seite stützen?"

Mila nickte.

Michel half Franzi auf und sie legte den Arm um seine Schulter. „Mila weiß schon Bescheid“, gab Franzi leise zu. „Ich hab den Aufnahmeprüfungs-Spuk eben schon vergeigt. Sie wollte mir helfen und hat versprochen, den Streich weiter mitzumachen.“

Michel sah Mila bewundernd an. „Alle Achtung. Ich hab dir jedes Wort abgenommen.“

Sie kamen nur langsam voran. Franzi konnte ihr rechtes Bein kaum belasten.

„Das ist so typisch ich!“, zischte Franzi wütend. „Ich krieg mal wieder gar nichts gebacken. Nicht mal einen minikleinen Spaßspuk. Und jetzt ist auch noch mein Bein futsch. Wie soll ich denn jetzt für das Marumer Springen trainieren? Dabei lief es so gut in letzter Zeit. Ich hab echt gedacht, dass ich diesmal platziert werden könnte.“

„Jetzt mach dich nicht so fertig“, versuchte Michel sie zu besänftigen. „Das mit deinem Fuß wird schon nicht so schlimm sein. Und was den Spuk betrifft: Ehrlich gesagt bin ich ganz froh, dass wir nicht weiter so ein Theater machen müssen.“

„Was ist passiert?“ Charly kam ihnen mit besorgter Miene entgegen.

„Oh“, sagte sie, als sie Franzi sah. „Dann ist der Spuk also vorbei?“

Alle drei nickten.

„Franzi ist gestolpert und hat sich den Knöchel verstaucht“, erklärte Michel. „Ich schau mir die Sache im Stall mal an. Dort ist auch der Erste-Hilfe-Kasten.“

„Sss“, zischte Mila. „Das sieht böse aus.“

Michel hatte Franzi den Schuh ausgezogen und alle betrachteten ihren Knöchel, der tiefblau und geschwollen war.

Franzi hatte den Kopf abgewandt und Mila sah, dass ihr Tränen die Wangen hinunterliefen.

Mila strich ihr über den Oberarm. „Tut es so sehr weh?“

„Geht so“, antwortete Franzi. „Aber warum hab ich nicht besser aufgepasst? Das Turnier kann ich doch jetzt gleich vergessen!“

„Meinst du das Marumer Springen?“, fragte Mila.

„Das ist doch *unser* Turnier“, erwiderte Franzi. „Ich will das nicht verpassen.“

Michel wühlte im Arzneischrank. Kurz darauf kam er mit einer kleinen braunen Flasche und einem Verband wieder. „Hier: Das ist das Wundermittel meines Vaters. Hilft gegen alles, bis auf schlimmen Liebeskummer“, sagte er. Er tränkte das untere Ende des Verbands darin und wickelte den Rest um Franzis Knöchel. „Würde mich doch sehr wundern, wenn du nicht zumindest übermorgen wieder mit Black Velvet über die Stangen hoppeln kannst.“

Der erste Schultag

Das Handy fiepte. Mila öffnete ein Auge und patschte mit der Hand danach. Mit einem lauten Krachen fiel es auf den Boden und klingelte von dort weiter. Sie rappelte sich auf und angelte mit der einen Hand nach dem Telefon, mit der anderen hielt sie sich am Schreibtisch fest. Schreibtisch? Seit wann stand ihr Bett neben dem Schreibtisch? Sie rieb sich verwirrt die Augen. Ach, klar: Marum. Internat. Zimmer mit Nele. Renate. Adesso. Schwarze Reiterin. Charlys Party. Franzis Knöchel. Alles schlug gleichzeitig in ihrem Kopf Purzelbäume. Mit einem tiefen Seufzer ließ sie sich zurück aufs Bett plumpsen und vergrub ihr Gesicht in dem Kissen. Dann schoss ihr ein neuer Gedanke durch den Kopf: Montagmorgen. Der erste Schultag! Oh nein. Hatte sie verschlafen? Plötzlich war Mila hellwach. Sie grapschte sich das Handy. Mist. 7:47 Uhr. Und Nele war auch schon über alle Berge. Zeit zum Frühstücken blieb ihr da nicht mehr. Und duschen konnte sie auch vergessen. Doch was sollte es. Schließlich war sie die Königin der Katzenwäsche!

Drei Minuten später stürzte sie aus dem Zimmer und rannte den Flur entlang, ohne auch nur einen einzigen Blick durch eines der Bullaugen zu werfen. Auch im Glasübergang war niemand mehr unterwegs. Mila lief noch ein wenig schneller. Auch wenn sie gar nicht genau wusste, wohin. Bei all der Aufregung hatte sie gestern total vergessen zu fragen, wo die 7. Klasse Unterricht hatte.

„Mila?"

An einer der Türen erschien Charlys rote Lockenmähne.

„Hier rein", sagte Charly und winkte. „Das ist unser Zimmer. Schnell, Frau Hofer, äh, ich meine deine Tante ist noch nicht da."

Mila schlüpfte durch die Tür.

Das Klassenzimmer war viel kleiner als das an ihrer alten Schule. Es wirkte altmodisch, aber auch irgendwie gemütlich. Jeder hatte einen eigenen kleinen Holztisch und einen Stuhl. Über der dunkelgrünen Tafel hing ein altes Karussellpferd, von dem die Farbe an einigen Stellen abgeblättert war. Aber Mila fand es trotzdem wunderschön. Sie liebte Karussellfahrten. Immer wenn sie mit ihren Eltern auf dem Jahrmarkt gewesen war, hatten die ihr eine Fahrt auf dem alten Holzkarussell von Paule Bux spendieren müssen. Wenn sie dann zu Paules uralten Lieblingsschlagern im Kreis gefahren war, war sie beinahe so glücklich wie auf Renates Rücken gewesen.

„Der da drüben ist noch frei", meinte Charly und deutete auf einen Tisch neben dem Fenster.

Mila setzte sich und betrachtete ihre neuen Mitschüler. Das hieß: Nicht alle waren neu. Einige kannte sie ja bereits von gestern. Jakob war direkt vor ihr und sein Zwillingsbruder Mark saß in der ersten Reihe, Franzi und Charly hatten ihre Tische bei der Tür. In der letzten Reihe saß Nele. Als sich ihre Blicke trafen, verzog Nele den Mund zu einem dünnen Strich und funkelte sie angriffslustig an. Aus irgendeinem Grund hatte Mila gehofft, dass Nele von allein aufhören würde, so eklig zu ihr zu sein. Aber da hatte sie sich offensichtlich getäuscht. Leider war ihr Neles Verhalten auch alles andere als egal. Es machte sie wütend und ein wenig traurig. Stein-im-Herzen-traurig. Neben Nele saß ein Junge mit blonden Wuschelhaaren und vielen Sommersprossen, den Mila noch nicht kannte. Er trug ein verwaschenes Fischerhemd, ausgebeulte Jeans und klobige schwarze Stiefel. Ob er einer der Schüler war, die nicht im Internat wohnten und nur hier zur Schule gingen? Bestimmt. Und wie er wohl hieß? Mila war so fasziniert, dass sie sich immer wieder zu ihm umdrehte. Dabei sah sie, dass Nele ihm ständig etwas ins Ohr flüsterte und ihm Zettel zuschob. Ist ja klar, dachte Mila enttäuscht. Der bestaussehende Junge der Klasse war natürlich der Freund von Zicken-Nele.

„Tja. Jan ist leider beschäftigt, wie du siehst. Dann musst du wohl oder übel mit mir vorliebnehmen." Jakob hatte sich zu Mila umgedreht und grinste so breit, dass seine Mundwinkel fast bis an die Ohrläppchen reichten. „Ich bin echt froh, dass du jetzt live und in Farbe da bist. Seit uns Frau Hofer gesagt hat, dass du kommst, gab es kein anderes Thema mehr. Wie du wohl so drauf bist, wie gut du reitest, wie dein Pferd heißt und lauter so ’n Kram. Diese wilden Spekulationen hätte ich keine Woche länger ertragen.“ Er runzelte die Stirn und versuchte streng auszusehen, was ihm aber nur ansatzweise gelang. „Also, dann bitte ich um Auskunft, aber ein bisschen zackig. Schließlich hatten wir gestern keine Gelegenheit, uns näher kennenzulernen: Wie bist du denn so drauf? Wie viele Sommersprossen hast du? Wie gut kannst du reiten und wie heißt dein Pferd? Und was hältst du von dem anderen Kram?“

Mila lachte. „Jawollja“, sagte sie und schlug unter dem Tisch die Hacken zusammen. „Stets zu Diensten. Meine Antworten sind: Warte ab, 15687, kommt drauf an, Adesso und weiß nicht.“

Jakob fasste sich an die Schläfen, wackelte mit dem Kopf hin und her und rollte mit den Augen. „Das rückt mein Bild von dir schon mal ein ganzes Stück gerader“, meinte er.

Mila musste wieder kichern und sie merkte, wie der Nele-Stein von ihrem Herzen fiel. Wegen Jakobs lockerer Art. Der war ganz schön verrückt – lieb-verrückt, irgendwie. Und ziemlich cool und lässig. Sie warf einen Blick auf Mark, der stumm mit grimmigem Gesichtsausdruck aus dem Fenster starrte. Wie unfassbar unterschiedlich die Zwillinge doch waren! Eine weitere wichtige Sache wusste sie nun auch: Der geheimnisvolle Junge neben Nele hieß Jan …

In diesem Augenblick kam Tante Caro zur Tür herein und unterbrach Milas Gedanken. Sie setzte sich auf das Lehrerpult und wandte sich an die Klasse: „Entschuldigt die Verspätung. Ich hatte noch etwas mit Frau Steinbach zu besprechen. Bevor es mit unseren geliebten Dezimalbrüchen weitergeht, möchte ich euch noch meine Nichte Mila vorstellen. Sie wird ein Jahr hier bei uns auf dem Pferdeinternat bleiben. Steh mal kurz auf, damit dich alle sehen können!"

Oh nein! Musste das wirklich sein? Wie peinlich.

Mila stemmte sich vom Stuhl und sagte leise: „Hi." Sofort ließ sie sich zurückgleiten und hoffte, dass bald die versprochenen Dezimalbrüche die Aufmerksamkeit der anderen in Anspruch nehmen würden.

Nach der Stunde war klar, dass Mathe kein Problem werden würde. Zu Hause waren sie schon viel weiter im Stoff. Mila lehnte sich zurück und blickte auf den Stundenplan. Als Nächstes war Englisch dran. Nicht gerade ihr Lieblingsfach. Sie konnte sich einfach die Vokabeln so schlecht merken.

Tante Caro stand auf, klemmte sich den dicken Aktenordner unter den Arm und sagte: „Mila, Nele, kommt ihr mal mit? Frau Steinbach würde gerne mit euch reden."

Mila sah zu Nele. Die hatte ein zufriedenes Grinsen im Gesicht. Das hieß nichts Gutes.

Mit wackeligen Beinen folgte sie Nele und Tante Caro den dunklen fensterlosen Flur des Altbaus entlang.

Das letzte Zimmer war das Büro der Direktorin.

Mila schlich hinter der seltsam beschwingten und gut gelaunten Nele ins Zimmer.

Frau Steinbach kam ihnen mit gerunzelter Stirn entgegen und deutete auf die Besucherstühle.

„Setzt euch“, bat sie die beiden Mädchen. „Mila, Nele hat mir berichtet, dass du nach zehn Uhr abends nicht auf dem Zimmer warst. Das ist streng verboten. Bitte verstehe das, denn ich habe hier für euch die Verantwortung. Ich befürchte, ich muss dir die Regeln von *Inselglück* noch einmal erklären.“

Mila war fassungslos. Und wütend. Das ging eindeutig zu weit! Sie sprang auf, funkelte Nele an, packte Nele an der Kapuze ihrer Strickjacke und schrie: „Was bildest du dir denn eigentlich ein, du Ziege? Du bist nicht nur fies, sondern auch noch eine ganz hinterlistige Oberpetze! Mir hinten rum eins reinzuwürgen, nur weil ich nicht so spaßbefreit bin wie du? Das ist das Allerletzte.“

Mila wusste sofort, dass sie gerade einen Riesenfehler gemacht hatte. So auszurasten. Und das auch noch vor ihrer Tante und der Direktorin! Aber immer wenn sie so wütend war, konnte sie einfach nicht mehr klar denken. Sie ließ Nele los, die wieder auf ihren Stuhl zurückplumpste. Ein paar Augenblicke sagte niemand etwas. Alle starrten Mila an.

Irgendwann zischte Nele: „Das wirst du büßen.“

Frau Steinbach hatte sich als Erste wieder gefangen und sagte: „Wenn sich alle beruhigt haben, würde ich gerne mit dem fortfahren, was ich sagen wollte. Es ist nämlich keineswegs so, dass ich nur mit Mila sprechen wollte. Sonst wäre sie alleine hier." Sie warf Nele einen strengen Blick zu.

„Ich habe nichts falsch gemacht", antwortete sie mürrisch.

„Doch, das finde ich schon", entgegnete die Direktorin. „Mila war zwar gerade sehr impulsiv, aber in einer Sache muss ich ihr zustimmen. Sehr kameradschaftlich hast du dich ihr gegenüber nicht verhalten. Du hättest zuerst mit ihr reden müssen, bevor du zu mir kommst."

„Wissen Sie, was?", zischte Nele. „Ich gehe. Das hat alles keinen Sinn. Hier sind ja doch ALLE gegen mich!" Sie rannte aus dem Zimmer und ließ die Tür mit einem Knall ins Schloss fallen.

Tante Caro zuckte erschrocken zusammen und Frau Steinbach kratzte sich nachdenklich am Kopf.

„Das ist wohl gründlich schiefgelaufen", meinte die Direktorin. Ihre Stimme klang aufgebracht, aber auch ein wenig traurig. „Nun gut. Mit Nele werde ich noch einmal unter vier Augen sprechen müssen."

„Es tut mir leid", sagte Mila leise und nibbelte am Hufeisenanhänger ihrer Kette. „Ich werde ab heute die Ruhezeiten einhalten."

„Schon in Ordnung." Frau Steinbach legte Mila die Hand auf die Schulter. „Gestern war dein erster Tag. Da kannst du noch nicht jede Regel kennen. Außerdem war ich selbst einmal Schülerin des Internats. Und natürlich weiß ich, dass es neben Pferde versorgen, trainieren und Hausaufgaben machen noch anderes gibt.“ Sie zwinkerte Mila zu. „Als *Direktorin* muss ich allerdings darauf bestehen, dass du jede Regel hier“, sie zog eine dicke lederne Mappe aus der Schublade und reichte sie Mila, „auswendig lernst, dir zu Herzen nimmst und peinlich genau einhältst.“

Oder dich zumindest nicht erwischen lässt, ergänzte Mila im Kopf. Sie strich über den Einband der Mappe. „Darf ich gehen?“

„Das darfst du. Denn nach Nummer 854, Absatz Z des großen Regelwerks ist es Direktorinnen nicht erlaubt, Schüler länger als nötig vom Unterricht fernzuhalten.“

Mila stutzte und blätterte hektisch die Mappe durch: „Nummer 854, Absatz Z?“

Frau Steinbach lachte. „Erwischt! Nein, es reicht vollkommen, wenn du die 24 Regeln, die wirklich darinstehen, beachtest.“

Fürs Springen geboren

Während der restlichen Schulstunden schweiften Milas Gedanken immer wieder ab. Zu ihren Eltern, ihren alten Freunden zu Hause, zu Aurelie und zu Nele. Dabei hätte sie sich wirklich dringend auf den Englischunterricht konzentrieren müssen! Im Gegensatz zu Mathe war der nämlich eine echte Herausforderung. Mister Green, der Englischlehrer, hatte die ganze Stunde Vokabeln abgefragt. Vokabeln, von denen Mila noch nie gehört hatte. Ihr einziger Trost war: Die meisten anderen waren genauso wenig vorbereitet gewesen. Nur Jan hatte alles richtig beantworten können.

Offensichtlich hatte Jakob ihr erstauntes Gesicht gesehen, denn er sagte: „Jan ist weder Genie noch Megastreber. Seine Mutter ist Engländerin. Deswegen kann er perfekt Englisch. Er ist echt zu beneiden."

Mila hatte kurz überlegt, Jan um Englisch-Nachhilfe zu bitten.

Doch da er nun mal mit Nele befreundet war, fiel diese Möglichkeit leider aus. Schade, das wäre eine gute Gelegenheit gewesen, ihn kennenzulernen. Denn abgesehen von der Englisch-Stunde hatte Jan die ganze Zeit geschwiegen. Genau wie Nele …

Mila zog ihre Lieblings-Reithose an. Die war schon ziemlich abgewetzt, aber das war ihr egal. Hauptsache, bequem. Schließlich wollte sie in ihrer ersten Springstunde keinen Schönheitswettbewerb gewinnen, sondern nur irgendwie überleben. Eigentlich hatte sie null Lust. Warum nur hatte sie sich von Charly überreden lassen? In einer halben Stunde würde sie mit einem Haufen Spring-Halbprofis auf dem Reitplatz stehen und sich bis auf die Knochen blamieren. Und Adesso noch dazu.

Gerade als sie beschlossen hatte, dass sie das Springtraining für heute Springtraining sein lassen würde und lieber Adesso das Meer zeigen wollte, kam Charly herein. Sie sah umwerfend aus in ihrer beigen Reithose und der roten Jacke, die genau den Farbton ihrer Haare hatte. Das Beste aber waren die Lederstiefel. Sie glänzten, als wären sie nagelneu, und vorne am Schaft war das gleiche Wappen eingeprägt, das Mila gestern schon an Vanillas Trense aufgefallen war. Merkwürdig.

Charly schlug die Gerte ein paarmal leicht in die Handfläche und fragte: „Startklar?"

Mila vergaß, dass sie nach dem Wappen fragen wollte, und sagte: „Ich mach lieber doch nicht mit. Sonst bin ich die Lachnummer der ganzen Schule."

„So ein Quatsch. Ich pass schon auf dich auf. Probier es aus und wenn es dir nicht gefällt, verspreche ich, dass ich dich nie mehr damit nerve. Das ist wie mit

Kaviar. Du musst einmal kosten, damit du weißt, ob du ihn magst oder nicht."

„Kaviar? Gibt es hier etwa Kaviar?"

„Nee, hier doch nicht. War nur ein doofer Vergleich. Vergiss es einfach." Charly klopfte nun sanft mit der Gerte auf Milas Schulter. „Also, was ist jetzt?"

Mila seufzte. „Ich komme ja schon."

Adesso stand allein in der Box. Mila schob den Riegel zur Seite und ging zu ihm. Sie stellte die Putzbox auf den Boden und strich ihm die schwarze Mähne aus den Augen. „Wo hast du denn Renate gelassen? Ist die mit Tini unterwegs?", fragte sie und begann, seinen Hals mit dem Striegel zu massieren. Adesso schnaubte genießerisch und rieb den Kopf an Milas Arm.

„Das heißt also, du magst unsere Zweisamkeit?" Mila lachte und hielt Adesso einen halben Apfel hin. „Ich hab heute etwas ganz Besonderes mit dir vor", sagte sie leise. „Wir probieren heute mal Springtraining aus. Vorhin war ich total aufgeregt deswegen. Aber seit ich bei dir bin, bin ich vollkommen ruhig. Wir beide schaffen das! Wir sind ein Team, mein Süßer. Genau wie Aurelie gesagt hat." Mila strich über die samtweiche Haut von Adessos Maul und wusste ganz tief in ihrem Bauch, dass jedes ihrer Worte stimmte.

Als Mila auf den Reitplatz ritt, waren die anderen schon da. Tamara stand am Rand und gab Anweisungen. Als sie Mila sah, rief sie: „Alle mal nebeneinander aufstellen. Ich möchte etwas sagen!"

Alle parierten ihre Pferde zum Schritt durch und kamen zur Mitte.

„Zuerst möchte ich Mila und Adesso begrüßen", sagte Tamara und lächelte Mila an. „Ihr dürft euch gerne ausprobieren und wenn ihr Fragen oder Probleme habt, dann bin ich jederzeit für euch da. Zur Info an alle anderen: Franzi kann heute nicht mittrainieren, sie hat sich gestern den Fuß verstaucht. Es geht ihr zwar schon besser, aber sie soll den Knöchel erst mal nicht belasten. Bitte unterstützt sie, wenn sie in nächster Zeit Hilfe braucht. Es sind nur noch fünf Wochen, bis das Marumer Springen stattfindet. Es ist zwar keines der Turniere, bei dem ihr euch für die Fördergruppe qualifizieren könnt, doch wir sind die Gastgeber, vergesst das nicht. Außerdem werden bestimmt wieder die Bundesjugendtrainer vor Ort sein und ihr habt die Chance, bei ihnen einen guten Eindruck zu hinterlassen."

Charly stöhnte. „Hoffentlich ist der Himmel vogelfrei, wenn ich reite. Sonst sehe ich echt schwarz für mich."

„Keine Panik. Vanilla und du, ihr bekommt das schon in den Griff", flüsterte Mila Charly zu.

„Meine Damen! Ich bitte um Ruhe", fuhr Tamara mit strenger Stimme dazwischen. „Das hier ist keine Plauderstunde mit anschließendem Nachmittagsausritt am Strand, klar? Das Internat hat Ziele und stellt hohe Erwartungen an euch. Die Leistungen, die ihr auf solchen Turnieren zeigt, sind das Aushängeschild des Internats. Und die Erfolge, die ihr erreitet, sind wichtig für eure Karriere. Also bitte ich um höchste Konzentration und Disziplin!“

Mila sah beschämt zu Boden. Sie hatte Charly doch nur trösten wollen. Und jetzt hatte sie schon den zweiten Anpfiff dieses Tages kassiert. Wie ärgerlich.

„Heute werden wir uns noch einmal mit den Feinheiten des Absprungzeitpunktes und mit den Übergängen befassen. Los geht’s. Nele, du fängst an.“

Nele nickte geschmeichelt und ritt los.

Es war unglaublich. Um Klassen besser als das, was Nele gestern gezeigt hatte. Hatte sie heimlich geübt?

Nele und Pferdinand harmonierten so perfekt miteinander, dass es Mila schwerfiel die Grenze zwischen Reiter und Pferd zu sehen. Sowohl Pferdinands als auch Neles Bewegungen waren weich und fließend und von so großer Leichtigkeit, dass Mila ihren Blick nicht von ihnen wenden konnte und sie zu ihrem Entsetzten bemerkte, dass sie die beiden mit offenem Mund angestarrt hatte. Es sah sooo schön aus. Und auch Pferdinand schien richtig Spaß am Springen zu haben.

Plötzlich hatte Mila Lust darauf, es auch einmal zu probieren. „Los, mein brauner Liebling. Lass uns miteinander fliegen! Vertrau mir, ich kenn den Weg“, flüsterte sie ihm ins Ohr. Sie merkte wie das Blut in ihrem und in Adessos Körper pulsierte. Als sie an der Reihe waren, wartete Adesso aufmerksam auf ihre Anweisungen und Mila richtete die Augen nach vorne auf das erste Hindernis. Als sie anritt, ging es plötzlich wie von selbst. Das, was sie gerade bei Nele und Pferdinand beobachtet hatte, spürte sie nun am eigenen Leib. Sie und Adesso verschmolzen zu einer Einheit. Mila kam es so vor, als könnte Adesso ihre Gedanken lesen. Oder vielmehr ihren Körper. Es war großartig. Sie sprangen ohne Fehler über den Doppelrick. Eigentlich hatte Mila vorgehabt, die Triplebarre auszulassen, weil sie mit Adesso noch nie über ein so hohes Hindernis gesprungen war. Obwohl … Adesso hatte den Doppelrick genommen, als hätte er in seinem Leben noch nie etwas anderes getan, warum also sollte sie es nicht wagen? Ruhig galoppierte sie an und überließ sich ganz Adessos Bewegungen. In weitem Bogen passierten sie mühelos die Triplebarre. Mila hörte, wie die anderen klatschten, und lobte Adesso.

Würde Adesso auch die Mauer schaffen? Mila war sich unsicher, denn sie war mit Adesso noch nie über ein massives Hindernis gesprungen. Noch dazu war diese Mauer grellgelb angestrichen und sah dadurch richtig bedrohlich aus. Sie galoppierte an, doch kurz vor der Mauer wich Adesso aus und trabte vorbei.

Mila beugte sich nach vorne. „Macht nichts. Das gelbe Ungeheuer probieren wir ein anderes Mal. Es ist genug für heute."

„Hast du nicht gesagt, dass du noch keinen Parcours geritten bist?", hörte sie Franzi rufen. „Du musst dich da irgendwie getäuscht haben." Franzi lachte.

„So sehen Champions aus, so sehen Champions aus …", johlte Jakob. „Tja, ich befürchte, unsere liebe Nele hat ernsthafte Konkurrenz bekommen. Deswegen schaut sie auch so finster."

„Sei bloß leise“, zischte Nele zurück. „Mit einem Pferd wie Adesso ist es kein Kunststück, gut reiten zu können. Er hat die ganze Arbeit allein gemacht.“

„Da muss ich dir widersprechen“, unterbrach Tamara Nele. „Mila ist gut geritten. Sie hat Adesso die Freiräume gegeben, die er brauchte, und war ganz klar in ihren Hilfen. Erstaunlich gut, Mila, wirklich. Natürlich gibt es noch einige Dinge, die du verbessern musst, wenn du ein Turnier reitest. Und Adesso ist zwar ein wunderbares Pferd, aber er ist noch nicht speziell aufs Springen trainiert worden.“

Mila setzte die Reitkappe ab. „Alles, was ich gesagt habe, stimmt. Ich war mit Adesso nur im Gelände unterwegs. Auf meinem alten Reiterhof gibt es gar keinen richtigen Reitplatz und die Besitzerin ist nicht gerade eine Freundin des Springreitens. Ich habe also – und das schwöre ich bei den Tasthaaren von Renate – echt nicht gewusst, dass die Sache so gut klappen würde. Ich hatte sogar Megaschiss, dass ich mich total blamiere. Charly ist meine Zeugin.“

„Stimmt, ich musste sie vorhin sogar überreden, überhaupt zu kommen. Mila wollte das Training abblasen“, pflichtete Charly ihr bei.

„Aber du bist doch ab jetzt dabei?“, fragte Tamara misstrauisch nach. „Adesso und du, ihr seid füreinander geschaffen. Es wäre eine totale Verschwendung –“

„Darüber muss ich echt noch einmal nachdenken“, unterbrach Mila sie. „Dass Adesso und ich gut zusammenpassen, das weiß ich. Schließlich reite ich ihn seit über vier Jahren. Aber was ich *nicht* weiß, ist, ob ich ihm und mir diesen ganzen Turnier- und Leistungswahnsinn antun will." Sie sah Nele an. „Manche werden richtig fies davon."

Nele warf Mila einen vernichtenden Blick zurück.

„Natürlich kann ich dich nicht zwingen", ruderte Tamara zurück. „Denk einfach noch mal in Ruhe darüber nach."

Mila nickte. Das klang vernünftig. Vielleicht sollte sie die Reitstunde beenden und mit Adesso einen Ausritt machen? Bestimmt würde das ein wenig Ordnung in ihr Gefühlschaos bringen.

Ein Einhorn am Strand

Mila ritt gemütlich durch das Wäldchen hinter den Stallungen. Der Weg führte an den Pferdekoppeln vorbei, auf die die Pferde jederzeit direkt vom Stall aus gehen konnten. Teilweise waren die Außenbereiche voneinander durch Zäune abgegrenzt, um zu verhindern, dass Rangeleien zwischen den Pferden entstehen konnten.

In einiger Entfernung sah Mila zwei bunte Punkte. Einen schmalen und einen dicken. Moment mal! Waren das nicht …?

„Adesso, ich glaube, da vorne sind Renate und Tini“, sagte Mila froh. „Was machen die denn da? Das müssen wir uns unbedingt genauer ansehen.“ Sie galoppierte an und wenig später war sie bei den beiden angekommen. Was sie dort sah, war so süß, dass Mila ihre kleine Cousine am liebsten dafür geknutscht hätte. Doch sie hielt sich zurück, denn das hätte das wunderbare Bild vor ihr kaputt gemacht. Tini hatte für Renate einen Mini-Springparcours aufgebaut. Als erstes Hindernis hatte sie eine rote Schwimmnudel auf den Boden gelegt. Für das zweite hatte Tini die alten Eichenblätter vom letzten Herbst zu einem kleinen Haufen zusammengerecht und mit ein paar Luftschlangen garniert. Als Steilsprung hatte sie zwischen zwei Stecken einen dicken Wollfaden gespannt. Gerade wollte sie Renate dazu bewegen, über eine kleine, mit Wasser gefüllte Babybadewanne zu springen. Doch Renate sah nicht so aus, als hätte sie auch nur die geringste Lust dazu. Im Gegenteil. Sie schlürfte den Inhalt des „Hindernisses“ in aller Gemütsruhe aus.

„Hallo, Tini“, sagte Mila. „Mach dir nichts draus. Renate kann ganz schön störrisch sein.“

Tini drehte sich um. „Mila! Hi!“ Dann sah sie Mila tadelnd an. „Störrisch, was meinst du? Renate ist kein bisschen störrisch. Wir haben heute schon hart trainiert. Den Weitsprung und den Steilsprung“, sie deutete auf den Laubhaufen und den Wollfaden, „hat sie total super genommen. Den Wassergraben machen wir eben morgen. Kein Problem.“ Sie stieg von Renates Rücken und drückte ihr einen Kuss zwischen die Ohren. „Sie ist das liebste und talentierteste Einhorn der ganzen Welt.“

Einhorn? War Renate gestern nicht noch Tinis Elfenpony gewesen? Doch heute hatte Tini Renate ein silbernes Partyhütchen aufgesetzt, das wie ein dickes Horn auf ihrer Stirn prangte. Dazu hatte sie ihr weiße und goldene Samtbänder in die Mähne und in den Schweif geflochten. Tini selbst hatte ein veilchenblaues Flatter-Rüschenkleid über ihre Reithose gezogen und sich durchsichtige Flügel um den Rücken geschnallt. Auf dem Kopf trug sie einen rosafarbenen Fahrradhelm.

„Dann hast du wahrscheinlich das erste und einzige gescheckte, dicke Einhorn der Welt, liebe Reitelfe", sagte Mila ernst.

„Ja", antwortete Tini und schien erleichtert, dass sie sich endlich jemandem anvertrauen konnte, der sie auch verstand. „Du hast recht. Ich hab mich auch gewundert, dass sie nicht weiß mit ein bisschen Glitzer ist." Tini kam ganz nah an Mila heran und flüsterte: „Aber wie das nun mal so ist bei magischen Tieren: Man weiß nie genau, in welcher Erscheinung sie sich zeigen. Verstehst du? Hier, guck mal, ist sie nicht süß?"

Tini zog ihre kleine Digitalkamera aus der Tasche und zeigte Mila stolz die Fotos, die sie von Renate geschossen hatte:

Renate von hinten.

Renate von vorn.

Renate von unten.

Renate von oben.

Renate *vor* dem Laubhaufen und Renate *hinter* dem Laubhaufen.

Renate. Renate. Immer nur Renate.

Mila sah auf die Anzeige der Kamera. Bild 159 von 703. Sollte das jetzt so weitergehen? Sie fand ihr Pony ja selbst umwerfend süß, aber das hier würde noch mindestens eine Stunde dauern. Puh. Das musste sie verhindern. „Meinst du, das gescheckte Einhorn namens Renate und seine Elfen-Reiterin Tini sind gewillt, mit der völlig unmagischen Mila und ihrem

Pferd einen kleinen Strandausritt zu machen?", schlug Mila vor.

Tini zuckte mit den Schultern. „Könnte sein. Ich frage mal." Dann ging sie zu Renate, wisperte etwas in ihr Ohr und steckte ihr ein Stück Karotte zu.

„Wir haben großes Glück. Das Einhorn ist bereit für ein weiteres Abenteuer", sagte Tini mit feierlicher Stimme. Dann fiel ihr noch etwas ein: „Äh, und kannst du schnell meine Mama anrufen und ihr Bescheid sagen, dass ich mit dir unterwegs bin?"

„Wird umgehend erledigt, Eure Elfenhoheit." Mila zog ihr Handy aus der Hosentasche. „Dann warten wir mal ab, was die Elfen*mutter* zu unserem magischen Plan sagt."

Tante Caro war einverstanden und Mila war richtig froh, dass Tini und Renate sie begleiteten. Wenn sie mit ihrer kleinen Cousine zusammen war, fiel es ihr ganz leicht, den Ärger mit Nele zu vergessen. Tini hatte darauf bestanden, vorwegzureiten, denn sie wollte Mila unbedingt den Schleichweg zum Strand zeigen. Adesso schnupperte ab und zu an Renates Hinterteil, deren Schweifschmuck in der warmen Märzsonne glitzerte. Wahrscheinlich musste er sich immer wieder vergewissern, dass sich unter der Einhornverkleidung auch wirklich seine Freundin verbarg.

Die Wege wurden sandiger und bald roch die Luft so salzig, dass Mila wusste, dass das Meer nicht mehr weit sein konnte. KLICKER! KNACKKNACK! Adesso kaute entspannt auf seinem Mundstück herum. Mila liebte dieses Geräusch, das bedeutete, dass Adesso gerade ganz zufrieden war. Mila überlegte, ob sie das von sich auch sagen konnte. Die ersten beiden Tage auf dem Pferdeinternat waren ganz schön voll gewesen, sodass sie gar nicht richtig zum Nachdenken gekommen war. Bis auf die Sache mit Nele fühlte sich alles gut an. Klar, einiges war aufregend und neu, aber sie hatte schon so viele nette Leute kennengelernt und obwohl ihr ihre Eltern fehlten, hatte sie mit Tante Caro und Tini sogar so etwas wie Familie vor Ort. Außerdem fühlten sich Adesso und Renate wohl. Das spürte sie deutlich. Und das war schließlich das Allerwichtigste.

„Jetzt müssen wir nur noch durch die Dünen“, meinte Tini. „Aber pass auf, dass du auf den Reitwegen bleibst, denn die Dünen darf man nicht betreten.“

„Wieso das denn?“, fragte Mila. „Gehören die nicht zum Strand?“

„Die Dünen sind die Dünen“, sagte Tini. „Ich glaube, man darf nicht rein, weil da Vögel brüten und so. Und weil man das Dünengras nicht zertrampeln soll. Das braucht man als Sandstopper.“

Sandstopper. Mila musste kichern. So was gab es doch gar nicht. Trotzdem wusste sie, was Tini damit meinte. Das Gras verhinderte, dass der Wind den Sand weit ins Innere der Insel wehen konnte.

Mila zog den Reißverschluss ihrer Fleecejacke bis zum Hals zu. Obwohl die Sonne so warm war, wehte der Wind vorne am Meer ganz schön kräftig. Nach der nächsten großen Düne war es so weit. Vor Mila lag ein breiter weißer Sandstrand und dahinter das dunkelblaue Meer.

Mila parierte zum Stehen durch und atmete tief ein.

Endlich. Meer und Strand, so weit das Auge reichte.

„Gefällt es dir?", fragte Tini aufgeregt. „Ich finde es soooo schön. Ich bin ganz oft mit Mama hier. Immer wenn sie Zeit hat." Sie legte ihren Kopf nach vorne an Renates Hals und rieb ihre Nase tief ins Ponyfell. „Hast du Lust zu baden, mein kleines Einhorn?"

Renate wieherte und galoppierte los. Quer über den Strand, dass der Sand nur so spritzte, ins seichte Wasser hinein. Tini quietschte vor Vergnügen, als Renate mit ihren Hufen ins Wasser patschte. „Juhu, kommt doch auch rein. Das macht Spaß!", rief sie Mila und Adesso zu.

Mila ritt ans Wasser und schwang sich von Adessos Rücken. Sie setzte sich in den Sand und zog sich die schweren Reitstiefel und die Socken aus. Vorsichtig streckte sie ihren großen Zeh ins Wasser und zog ihn schnell wieder zurück. Puh, das Meer war ja eiskalt! Trotzdem. Mila wollte unbedingt den nassen Sand zwischen ihren Zehen spüren und tappte ein paar Schritte hinein. Ahhh, das fühlte sich so schön an. Weich, und immer wenn sich das Wasser wieder zurückzog, war es so, als verlöre man für einen kurzen Moment den Boden unter den Füßen. Mila breitete die Arme aus und lehnte sich gegen den Wind. Sie schloss die Augen. Ja, Aurelie hatte recht gehabt. Das Meer und der Strand waren einfach wunderbar.

Adesso beobachtete Mila aufmerksam. Ihm schien das viele Wasser ganz und gar nicht geheuer zu sein. Trotzdem näherte er sich Mila, blieb aber ein Stück vor dem Wasser stehen.

„Hast du etwa Angst vor den Wellen?“, fragte Mila. „Das brauchst du nicht.“ Barfuß schwang sie sich auf seinen Rücken. „Na, komm, mein Großer. Du wirst sehen, das macht Spaß.“

Adesso schüttelte den Kopf und blickte sehnsüchtig zu Tini und Renate, die mittlerweile den Wellen hinterherjagten.

Endlich setzte er einen Huf vor den anderen. Er drehte die Ohren zu Mila, um zu hören, ob sie auch wirklich damit einverstanden war, dass er sich weiter hineinwagte.

Mila lachte. „Klar, du Schisser, lauf rein!“, ermutigte sie ihn.

Dann, als hätte jemand in ihm einen Schalter umgelegt, stürmte er ins Wasser, direkt auf Renate zu.

Mila fühlte sich wie die Hauptfigur in einem superkitschigen Pferdefilm. Die Sonne schien glitzernd auf die Wasseroberfläche und sie galoppierte durch die Meeresbrandung. Kitsch hin oder her. Es war einfach wunderschön, so durch die Wellen zu jagen! Alles andere war ihr gerade vollkommen egal.

Nach einer halben Stunde hatten sie drei Krebse, fünf Möwen und unzählige Sandwürmer beinahe zu Tode erschreckt. Die Pferde zeigten zwar kaum Anzeichen von Müdigkeit, aber Renates Horn hing mittlerweile nass und schlapp um ihren Hals und ihre Mähnenzöpfe waren so sandig, dass es aussah, als hätte sie eine Rastafrisur. Mila japste nach Luft. Die Anstrengung ihrer ersten Springstunde steckte ihr ganz schön in den Knochen. Auch Tinis Gesicht war rot und verschwitzt. Zudem war ihre Reithose mittlerweile pitschnass.

„Ich glaube, wir gehen besser nach Hause", meinte Mila. „Nicht dass Tante Caro mit mir schimpft, wenn du krank wirst."

Tini zuckte mit den Schultern. „Ich habe eine gute Konjustition, sagt der Kinderarzt immer. Mir macht das nichts aus."

„*Konstitution* meinst du wohl?" Mila grinste. „Das heißt, dass dich so schnell nichts umweht."

„Sag ich doch", meinte Tini. „Mich konstitutert gar nichts."

„Da bin ich aber wirklich sehr froh", sagte Mila. „Trotzdem sollten wir nach Hause reiten. Ich glaube, ich habe eine Entscheidung getroffen, und die will ich Tamara unbedingt noch vor dem Abendessen mitteilen."

Mila und Tini trafen Tamara auf dem Hof vor den Stallungen. Sie stand gerade bei Isa, die ihrer Stute Melodie neue pinkfarbene Hufglocken um die Fesseln schnallte. Die Dinger waren zwar nicht gerade nach Milas Geschmack, aber die Farbe passte zumindest prima zu Melodies pinkfarbener Satteldecke mit Silbersternen.

„Tamara, kann ich dich kurz sprechen?", fragte Mila.

„Na klar. Isa, den Rest schaffst du bestimmt auch alleine." Sie drehte sich zu Steffen Gründgen, dem Stallmeister, um, der eine der Schubkarren reparierte. „Herr Gründgen? Würden Sie sich um Adesso kümmern? Mila und ich haben etwas zu besprechen."

Herr Gründgen legte den Schraubendreher sofort zur Seite. „Adesso? Das mache ich gerne." Er nahm die Zügel und führte den braunen Hengst in den Stall. „Ein sehr schönes Tier", murmelte er dabei. „Wirklich sehr, sehr schön!"

„Er ist ganz begeistert von Adesso. Er meint, dein Pferd wäre zum Springen geboren", sagte Tamara zu Mila, als Herr Gründgen außer Hörweite war. „Und ich gebe viel auf seine Meinung. Er spürt es, wenn ein Pferd das Zeug zu einer großen Karriere hat. Er hat schon in vielen namhaften Ställen gearbeitet und er hat sich noch nie getäuscht."

„Darum geht es. Ich möchte mit dir übers Springen sprechen", begann Mila. „Ich muss zugeben, dass es mir vorhin viel Spaß gemacht hat. Und natürlich hab ich auch gemerkt, dass Adesso mindestens genauso viel Spaß hatte. Aber ich weiß eben auch, dass Adesso Bammel vor dieser Mauer hat und ich tausendunddrei Sachen überhaupt nicht weiß, die die anderen schon aus dem Effeff beherrschen."

„Wenn du dich anstrengst und du und Adesso viel trainiert, könnt ihr das schaffen", meinte Tamara.

„Ich würde dir gern etwas vorschlagen", antwortete

Mila. „Ich würde gerne weiter mittrainieren, einfach weil es Spaß macht. Aber ohne das Ziel, supergut zu werden oder irgendwelche wichtigen Turniere zu reiten."

„Okay. Ich bin einverstanden", sagte Tamara und streckte Mila die Hand entgegen. „Du trainierst mit deinen Klassenkameraden mit und wir sehen, wie es sich entwickelt. Deal?"

Mila schlug ein. „Deal", stimmte sie mit fester Stimme zu.

Pferdebesuch

Der Rest der Woche verlief wesentlich ruhiger, als Mila gedacht hatte. Franzis Knöchel war wieder in Ordnung und Nele hatte bisher keine weiteren Großangriffe auf sie gestartet. Dennoch hatte Nele es erstaunlicherweise fertiggebracht, kein einziges Wort mit Mila zu sprechen. Zum Glück hatte Mila ziemlich viel zu tun gehabt, alle Englisch-Vokabeln nachzupauken, die ihr Mister Green kopiert und freudestrahlend überreicht hatte. Deswegen war ihr die Stille im Zimmer sogar ganz recht gewesen. Sooft es ging, hatte sie mit ihren Eltern geskypt, die gestern gut in Kenia angekommen waren. Und einmal hatte sie sogar mit Aurelie telefoniert. Sie hatte ihr einige von Tinis Renate-Bildern geschickt und Aurelie war aus dem Kichern gar nicht mehr herausgekommen.

Das Springtraining bei Tamara hatte Spaß gemacht, doch vor der Mauer scheute Adesso jedes Mal. Tamara hatte ihr geraten, erst einmal zu Luke zu gehen, um Adessos Muskeln für ein intensiveres Training zu stärken. Mila war insgeheim sogar ein wenig froh, Neles grimmigen Blicken zu entgehen, und die Arbeit mit

Luke und seinem Pferd Jolly Jumper hatte Mila ziemlich beeindruckt.

Mila roch an einem ihrer Reit-Sweatshirts, rümpfte angeekelt die Nase und warf es auf den immer größer werdenden Haufen an Schmutzwäsche neben ihrem Bett. Sie warf einen Blick in den Kleiderschrank und bemerkte zufrieden, dass sie mit den sauberen Klamotten noch übers Wochenende kommen würde. Sehr gut. Auch noch Wäsche waschen zu müssen, wäre nach dem Stalldienst heute Morgen eindeutig zu viel für sie gewesen. Sie konnte sich kaum mehr rühren. Herr Gründgen hatte zwar die großen Schubkarren selbst geschoben, aber auch die kleineren waren schwer genug gewesen. Außerdem schwirrte Mila der Kopf. Niemals hätte sie gedacht, dass es so kompliziert sein könnte, Pferde zu füttern. Aber hier im Pferdeinternat gab es eben keine „normalen" Pferde. Von ihnen wurde viel erwartet und deswegen bekamen alle spezielles Futter. Sehr zu Milas Bedauern aber nicht alle das *gleiche* spezielle Futter, sondern jedes Pferd bekam die Ration ganz nach seinen individuellen Bedürfnissen zusammengestellt. Kopfschüttelnd hatte sie nach dem großen Plan, der in der Futterkammer hing, Kraftfutter, Heu und Rübenschnitzel abgewogen, was das Zeug hielt.

Mila schnappte sich das Reitlehrebuch vom Schreibtisch und machte es sich auf ihrem Bett bequem. Auch daran hatte sie sich schon fast gewöhnt. Reiten war hier ein Schulfach wie jedes andere, also musste man lernen und bekam Noten.

Als sie gerade den Absatz über die Geschichte des Springreitens lesen wollte, krachte die Tür auf und Charly kam hereingestürmt. Ihr Gesicht war ebenso rot wie ihre Haare. „Mila, komm schnell in den Stall. Nele ist total ausgetickt. Pferdinand ist verschwunden und sie schreit überall herum, dass du schuld bist."

„Ich? Wieso ich? Spinnt die jetzt komplett? Na warte, der sag ich jetzt mal die Meinung!" Mila ballte die Fäuste und donnerte ihr Buch in die Ecke. Dann lief sie wutschnaubend aus dem Zimmer.

„Warte!", rief Charly ihr hinterher.

„Da ist sie!", schrie Nele, sobald sie Mila sah. „Du bist schuld, dass Pferdinand weg ist. Du hast die Box offen gelassen. Wer hat dich überhaupt in seine Nähe gelassen?" Nele wollte auf Mila losgehen, doch Herr Gründgen hielt sie an den Schultern fest.

„Jetzt beruhigst du dich erst einmal, Nele. Mila hatte heute Morgen Stalldienst. Aber ich war auch hier und habe ihr geholfen."

Nele versuchte, sich aus Herrn Gründgens Griff herauszuwinden, doch der Stallmeister war stärker. „Dann haben Sie eben nicht gesehen, wie diese unfähige Kuh nach dem Füttern die Tür offen gelassen hat. *Jeder* hier weiß, dass Pferdinand jede Gelegenheit nutzt, um auszubüxen", zischte sie ihn an und machte eine so heftige Bewegung mit dem Oberkörper, dass sie freikam. Doch anstatt nun auf Mila zuzurennen, blieb sie wie erstarrt stehen. „Du … du hast das mit

Absicht getan. Das ist ein Teil von deinem gemeinen Plan.“ Nele stemmte die Hände in die Hüften und funkelte Mila zornig an. „Du hast dich hier eingeschlichen, obwohl du gar keine Prüfung gemacht hast. Behauptest, du wärst noch nicht gesprungen, dabei hast du ein 1-a-Springpferd dabei. Du schleimst dich bei allen ein und dann lässt du auch noch mein Pferd frei, damit ich nicht für das Marumer Springen trainieren kann.“

Mila wurde ganz still. Das, was Nele ihr da an den Kopf warf, war natürlich kompletter Blödsinn. Aber konnte es sein, dass sie tatsächlich heute Morgen beim Füttern Pferdinands Stalltür offen gelassen hatte? Sie war sich plötzlich gar nicht mehr sicher.

„Was hältst du davon, Nele, wenn du Pferdinand einfach suchst, bevor du den ganzen Stall zusammenbrüllst? Mila hilft dir sicher dabei“, schlug Herr Gründgen vor.

„Mit der?“, antwortete Nele kühl. „Das können Sie aber so was von vergessen. Lieber würde ich in meinem ganzen Leben keine einzige Sekunde mehr auf dem Pferd sitzen.“ Sie packte ihre Jeansjacke und warf den Kopf nach hinten. „Ich gehe. Herzlichen Glückwunsch, Blödtussi, du hast mittlerweile *alle* auf deine Seite gezogen.“ Mit diesen Worten rauschte sie wutentbrannt ab.

Mila sah Charly an und weinte einfach los. „Ich verstehe überhaupt nicht, warum Nele mich auf dem Kieker hat. Was habe ich ihr denn getan?“, schluchzte sie.

„Das hat bestimmt nichts mit dir zu tun, mein Kind“, versuchte Herr Gründgen Mila zu trösten.

„Genau, Nele war schon so, bevor du kamst. Nur nicht ganz so schlimm“, meinte Charly. „Ich würde sagen, wir satteln Vanilla und Adesso und gehen Pferdinand suchen.“

„Ein sehr vernünftiger Vorschlag“, lobte Herr Gründgen. „Wenn Pferdinand nicht die Fähre genommen hat, kann er hier auf der Insel ja nicht weit gekommen sein.“

Mila war einverstanden. Ausritte waren sowieso immer eine gute Idee, fand sie, und wenn sie mit der Aktion auch noch etwas Gutes tun konnte, umso besser.

Es war nicht mehr ganz so sonnig wie die letzten Tage. Der Wind wehte Mila und Charly kalt ins Gesicht, als sie in den Schlaftrakt gingen, um ihre dicken Jacken zu holen. Sie beeilten sich, die Pferde zu satteln. Milas Gedanken schweiften zu Nele und sie wunderte sich, warum Nele Pferdinand nicht mitsuchen wollte. Machte sie sich etwa gar keine Sorgen um ihn? Für Mila stand fest: Sollten Renate oder Adesso einmal weglaufen, würde sie alle Hebel in Bewegung setzen, um sie zu finden. Neles Verhalten war und blieb ein komplettes Rätsel.

„He, du suchst rückwärts und ich schaue nach vorne oder was?“ Charly lachte laut und zeigte auf den Sattel, den Mila Adesso verkehrt herum auf den Rücken geworfen hatte.

Peinlich berührt zog Mila den Sattel wieder herunter. „Das kommt davon, wenn man zu viel grübelt“, murmelte sie. „Diese Nele macht mich ganz wuschig!“

„Ich verstehe dich ja“, meinte Charly. „Mich würde das auch ganz schön fertigmachen. Aber du musst nach vorne schauen.“

Nun musste Mila lachen. „Und wenn ich den Sattel richtig rum habe, sollte das auch gar nicht so schwer sein.“

Es war gar nicht so schlimm, dass heute die Sonne fehlte. Der Wind tat Mila sogar richtig gut. Sie hatte das Gefühl, als würde er all ihre Dunkle-Regenwolken-Gedanken davontreiben.

Zielstrebig ritt Charly die größere Straße entlang, die nach Ritteck führte.

Einige Male versperrten Schafe den Weg und sie mussten scharf auf sie zureiten, damit sie sich bequemten, Platz zu machen.

„Die sind ja ganz nett anzusehen, aber sie sind unerträglich stur“, grummelte Charly ein ums andere Mal.

„Hast du einen Such- und Findeplan?“, fragte Mila ihre Freundin.

„Nö, nicht wirklich“, gab Charly zu. „Pferdinand könnte überall und nirgends sein. Schließlich ist die ganze Insel ein Paradies für Pferde. Vielleicht wäre es sogar besser, wenn wir uns aufteilen. Ich reite zum Strand hinunter und du suchst in gerader Richtung weiter.“

Mila nickte. Ja, so würden sie den Ausreißer sicher schneller finden.

Sie trennten sich an der Weggabelung und vereinbarten, sich in einer halben Stunde wieder an dieser Stelle zu treffen.

Mila konzentrierte sich, ob sie irgendwo ein weißes Stück Fell sah. Eigentlich müsste ein Schimmel doch gut sichtbar sein – zumindest wenn alles um ihn herum grau war. Sie ritt eine kleine Anhöhe hinauf.

In einiger Entfernung war eine große Pferdekoppel, auf der Islandpferde weideten. Und wo eine Koppel war, konnte der Hof, zu dem die Pferde gehörten, nicht weit sein. Vielleicht hatte dort jemand Pferdinand gesehen oder hatte einen Tipp, wo sie suchen konnte?

Doch was war das? Mila guckte genauer. Hatte sie sich getäuscht oder stand da auf der Weide, mitten unter all den Islandpferden, ein großer Apfelschimmel? Na klar doch. Dort auf der Weide graste Pferdinand! „Ich fass es nicht“, murmelte Mila. „Da hat sich der freche Kerl doch glatt eine neue Herde gesucht.“ Sie stieg ab und trat ans Holzgatter. „Pferdinand?“, rief sie. „Pferdinand, was machst du denn hier?“

Pferdinand sah erst Mila an und dann die schwarze Isländerstute, die dicht neben ihm stand, als wollte er sagen: „Was fragst du denn, das siehst du doch!“ Er schnupperte an ihrem Rücken und sie rieb liebevoll ihren Kopf an seinen Hals.

„Und eine Freundin hast du auch schon gefunden?“ Mila kicherte. „Na, du bist mir vielleicht einer.“

Adesso scharrte mit den Hufen. „Du würdest wohl

auch am liebsten mit zu den anderen auf die Weide, wie ich dich kenne."

In diesem Augenblick kam Pferdinand zu Mila gelaufen. Die schwarze Stute folgte ihm.

Mila streckte ihre Hand nach ihr aus. „Ich kann dich verstehen, Pferdinand", sagte sie und strich dem Islandpferd über den Nasenrücken. „Du bist ja eine Hübsche. Und du hast so ein schönes kuscheliges Fell. Aber ich befürchte, ihr müsst euch wieder trennen. Ich kenne jemanden, der dich schmerzlich vermisst." Sie zögerte einen Augenblick. „Zumindest glaube ich das", fügte sie unsicher an.

„Was machst du denn hier? Du großer Schlawiner!" Eine Frau mit langen roten Haaren kam mit einer Schubkarre quer über die Weide gestapft.

Als sie Mila bemerkte, sagte sie: „Bist du vom Pferdeinternat?"

Mila nickte. „Ich heiße Mila. Ich bin letzte Woche hierhergezogen", antwortete sie. „Gehören Ihnen die Islandpferde?"

„Das sind alles meine. Bis auf ..." Sie schmunzelte und zeigte auf Pferdinand. „Dieses hier." Sie klopfte Pferdinand liebevoll ein paarmal auf die Kruppe. „Bist du von zu Hause ausgebüxt, um Fenja zu besuchen? Mein Großer, jetzt geht es wieder heim. Du kannst hier nicht bleiben."

Mila war verwirrt. Woher kannte die Frau Pferdinand?

Die rothaarige Frau hatte Milas Gedanken offensichtlich erraten, denn sie erklärte: „Ach, das ist alles eine lange Geschichte. Leider zu lang für den Moment. Ich muss wieder zurück auf den Hof, weil der Hufschmied gleich kommt. Aber wenn du Lust hast, besuch mich doch einfach mal. Dann erzähle ich sie dir in aller Ruhe bei einer Tasse Tee, Mila. Ich heiße übrigens Anna."

Lustig, dachte Mila. Die Frau spricht ihren Namen englisch aus. Nicht mit „A" sondern mit „Ä" am Anfang.

„Das mach ich gerne", sagte Mila und nahm sich fest vor, möglichst bald wiederzukommen. Anna erinnerte sie an Aurelie. Sie sah zwar komplett anders aus, aber irgendwas in ihrer Art sich zu bewegen und mit den Pferden zu sprechen war ganz ähnlich. Außerdem wollte Mila unbedingt den Hof und die anderen Islandpferde kennenlernen. Am meisten interessierte sie jedoch, was es mit Pferdinand und seiner isländischen Freundin Fenja auf sich hatte.

Anna ließ Mila und Adesso auf die Koppel und Mila hakte einen Strick an Pferdinands Stallhalfter. Ganz ruhig ließ er sie gewähren und trottete mit ihr auf den Feldweg.

Anna winkte. „Also dann, bis bald, Mila. Es war nett, dich kennenzulernen. Und wenn Pferdinand wieder verschwinden sollte – du weißt ja jetzt, wo du ihn als Erstes suchen musst." Sie lächelte.

Pferdinand wieherte und drehte sich zu Fenja um.

Die war dicht an den Zaun gekommen und legte den Kopf schief.

„Ihr zwei seid echt süß", meinte Mila. „Aber jetzt

wollen wir Nele mal nicht länger als nötig auf die Folter spannen, nicht wahr? Außerdem wird der Wind immer kälter."

Sie schwang sich auf Adessos Rücken und lief im Schritt mit Pferdinand im Schlepptau weiter. Mila war erleichtert. Falls sie heute Morgen doch die Tür offen gelassen hatte, hatte sie ihren Fehler nun wieder ausgebügelt. Und Pferdinand hatte zumindest einen schönen Ausflugsvormittag gehabt …

Als sie die Weggabelung erreichten, warteten Charly und Vanilla schon ungeduldig auf sie. Charly hatte die Arme fest um den Körper geschlungen und rief zähneklappernd: „Supercool, du hast ihn gefunden. Wo war er denn?"

„Das erzähl ich dir zu Hause. Ich muss ins Warme – der Wind ist nämlich auch verdammt supercool, finde ich."

Neles Albtraum

Auf dem Internat hatte sich die Nachricht von Pferdinands Verschwinden schnell herumgesprochen und Charly und Mila wurden begrüßt, als hätten sie zum dritten Mal in Folge die Goldmedaille gewonnen. Alle wollten wissen, wo Pferdinand gesteckt hatte und wie sie es geschafft hatten, ihn zurückzuholen. Mila war mittlerweile bis auf die Knochen durchgefroren und vertröstete sie, so gut es ging.

Zitternd führten sie die Pferde in den Stall. Am liebsten hätte Mila sich gleich in die Badewanne verkrümelt, aber die Versorgung der Pferde ging vor. Zumindest war es im Stall schon wärmer und es wehte kein eisiger Wind.

Sorgfältig schloss sie Pferdinands Box und band Adesso neben Vanilla an, um ihn abzusatteln und abzureiben. Als sie die Lederriemen des Sattels löste und gerade anfangen wollte, Charly zu erzählen, was passiert war, sah sie Nele in die Sattelkammer huschen.

„Nele!“, rief Mila. „Wir haben ihn gefunden. Er steht wieder in seiner Box. Du wirst nicht glauben –“

„Das interessiert mich nicht!“ Nele schoss wie ein

wütender Skorpion aus der Kammer und stieß dabei einen Eimer mit Futterpellets um. „Du hast Pferdinand rausgelassen, es war deine Pflicht, ihn wieder herzubringen. Ich werde mich deswegen bestimmt nicht bei dir bedanken, ist das klar? Und irgendwelche Heldentaten, die du dafür vollbringen musstest, will ich nicht hören."

„Aber …", machte Mila noch einen Versuch.

„Lass sie", sagte Charly und legte Mila die Hand auf den Arm. Sie lächelte Mila aufmunternd an. „So, so, so, du hast also Heldentaten vollbracht? Schieß mal los, ich bin ganz Ohr!"

Mila hatte den ganzen Nachmittag in Charlys und Isas Zimmer verbracht. Auch durch deren Zimmer verlief irgendwie eine klare Trennlinie. Zwar ohne Mauer und Absperrband, aber doch farblich streng getrennt. Isas Zimmerhälfte war ein Meer aus Rosaglitzerpuschelzeugs. Mila sah, dass Isa ihre alten My-Little-Pony-Figuren auf einem Regalbrett über dem Bett aufgestellt hatte. Überall lagen Haarklammern, Pferdecomics und Pferdesticker herum. Die Bettwäsche war besonders sehenswert: Auf Kissen und Decke war ein weißer Hengst zu sehen, der mit wehender Mähne in einen rot glühenden Sonnenuntergang ritt. Mila erinnerte sich, dass sie sich so eine Bettwäsche vor ein paar Jahren sehnlichst zu Weihnachten gewünscht hatte – vergeblich. Charlys Seite hingegen war mindestens genauso unordentlich, allerdings war es eher ein nichtglitzerndes, völlig unromantisches Durcheinander von Klamottenbergen, Schulsachen und Pferdekram. Mila fühlte sich pudelwohl und sie redeten stundenlang über ihre Pferde, Reiten und Marum.

Als Milas Magen ein lautes Knurren von sich gab, sah sie erschrocken auf die Uhr: „Ahhh, wisst ihr, wie spät es ist? Wir haben das Abendessen verpasst!“

„Echt? Ich fass es nicht“, kicherte Isa. „Was machen wir denn jetzt? Ich hab Hunger. Wollen wir die liebe Käthe bewusstlos kitzeln und den Kühlschrank plündern?“

„Nicht nötig“, meinte Charly und zog eine rot glänzende Kiste unter ihrem Bett hervor. „Meine Eltern haben mir gestern ein Essens-Notfall-Paket geschickt. Die haben immer Angst, dass ich hier verhungere. Keine Ahnung, warum.“ Sie legte den Deckel beiseite. Mila und Isa guckten neugierig in die Kiste. Mila hatte erwartet, dass Charlys Eltern ihr Schokolade, Chips und Gummibärchen geschickt hatten. Doch nichts dergleichen. In der Kiste befanden sich eine Packung geräucherter Lachs, Weißbrot und kleine Pasteten. Alles war in feinste weiße Stoffservietten gepackt.

„So ein Naschpaket hab ich noch nie gesehen“, sagte Mila und zog verwundert die Stirn in Falten. Sie schnupperte. „Hier riecht es nach Schokolade. Schokolade und Zimt!“

Charly fischte ein großes goldenes Ei aus dem Karton. „Ich präsentiere: unseren Nachtisch. Feinste belgische Zimtschokoladenpralinen. Schmecken echt super.“

Sie setzten sich im Schneidersitz auf den Boden und machten sich hungrig über alles her. Mila hatte noch nie geräucherten Fisch gegessen, aber sie musste zugeben, dass er richtig lecker schmeckte.

Charly hatte sich eine der weißen Stoffservietten über den Schoß gelegt und schnippelte mit einem silbernen Messer kleine Stücke von einer Pastete ab. „Mm. Pistazie und Trüffelpilz“, murmelte sie und schloss genießerisch die Augen.

„Wenn das hier ein Snack zwischendurch ist, dann möchte ich gerne mal zu deinen Eltern zum Abendessen eingeladen sein“, lachte Mila.

Charly hörte sofort auf zu kauen, riss die Augen auf und sagte scharf: „Lieber nicht!“

Mila sah sie erschrocken an. Hatte sie etwas Falsches gesagt?

Auch Isa war verunsichert und legte ihr dick belegtes Baguette vor sich auf den Boden.

Charly hatte sich mittlerweile wieder gefangen und tat so, als sei nichts passiert. Sie öffnete das goldene Ei, hielt es Mila und Isa hin und sagte: „Wer von den Damen möchte jetzt ein bisschen Schokolade?“

Mila wälzte sich im Bett hin und her. Sie war todmüde und doch konnte sie nicht einschlafen. Pferdinand tat ihr so leid. Er war so ein liebes Pferd, aber Nele schien sich überhaupt nichts aus ihm zu machen. Es war eine Sache, dass sie sich ihr gegenüber so merkwürdig verhielt. Aber wieso war sie ihrem eigenen Pferd gegenüber so herzlos? Ging es Nele wirklich nur um den Erfolg? War ihr Pferd nur das Werkzeug, das sie dafür brauchte? Mila konnte das gar nicht glauben. Liebte nicht jeder Reiter sein Pferd? Offensichtlich nicht …

Neles Bett knarrte. Mila hielt den Atem an. Konnte Nele etwa auch nicht schlafen? Plötzlich hörte sie ein leises Wimmern und Schluchzen. Oh nein. Weinte Nele? Mila setzte sich auf und lauschte.

„Fairy? Fairy!“, schluchzte Nele. „Fairy, meine Fairy.“

Nele klang so unendlich traurig und verzweifelt, dass Mila spürte, wie sich ihr Herz zusammenzog. Sie musste etwas tun!

Mila stand auf und tappte bis an die Cavaletti-Mauer. Der Mond schien durchs Fenster und sie konnte Neles Gesicht sehen. Nele schlief tief und fest. Mila stieg vorsichtig über die Mauer und setzte sich an Neles Bett. Langsam strich sie ihr über den Kopf und ließ die Hand eine Weile auf ihrem Scheitel liegen. So machte es Mama immer bei ihr, um sie zu trösten. Und auch bei Nele wirkte es. Ihr Gesicht entspannte sich und nach einer Weile drehte sie sich zufrieden schmatzend auf die Seite und schlief ruhig weiter.

Mila war stolz auf sich. Und nun schnell wieder in ihr eigenes Bett!

Sie stieg über die Mauer und da passierte es. Ihr Fuß blieb an einem der Cavalettis hängen und riss es um. Es gab einen dumpfen Schlag. Nicht mal besonders laut, aber laut genug, um Nele aufzuwecken.

„Was machst du da?“, fuhr sie Mila an. Sie war sofort hellwach. „Willst du mich jetzt auch noch nachts tyrannisieren? Nur damit ich vor lauter Müdigkeit beim Springen schlechter werde, oder was?“

„Du hast schlecht geträumt“, sagte Mila nur. Sie konnte jetzt auf keinen Fall einfach so zurückfauchen. Nicht nach dem, was eben passiert war. „Wer ist denn Fairy? Du hast immer nach einer Fairy gerufen.“

Sofort merkte Mila an Neles Gesicht, dass sie mit dieser Frage einen Riesenfehler gemacht hatte.

Nele rastete nämlich nicht wie sonst aus, sondern starrte, ohne zu antworten, ins Leere. Dabei liefen ihr Tränen die Wangen hinunter und tropften auf die Bettdecke. Dann ließ sie sich nach hinten aufs Bett fallen und zog die Bettdecke über den Kopf.

Mila wusste, dass es keinen Sinn hatte, weiter nachzubohren. Sie legte sich wieder in ihr Bett und rieb die eiskalten Füße aneinander. Einschlafen konnte sie allerdings erst, als Nele aufgehört hatte zu weinen.

Mauer im Kopf

Seit Neles Albtraumnacht waren drei Tage vergangen. Drei Tage, in denen Nele kein Wort mit ihr gesprochen, kaum gegessen und wenig geschlafen hatte. Nur trainiert hatte sie mit noch mehr Verbissenheit als vorher. Stundenlang hatte sie Pferdinand durch den Parcours gejagt, immer in der Hoffnung, noch ein wenig schneller zu werden. Mila machte sich Sorgen. Wenn das so weiterging, würde sie Tante Caro oder sogar gleich Frau Steinbach von Neles Verhalten erzählen müssen. Auf der anderen Seite: Die dunklen Ringe unter Neles Augen waren nicht mehr zu übersehen. Vielleicht baten sie Nele ja auch von allein zu sich?

Mila hatte Nele nicht mehr auf ihren Traum angesprochen. Doch immer wenn Mila und sie gemeinsam auf dem Zimmer waren, hing Neles Niedergeschlagenheit wie dicker Nebel darin.

Mila fand das schwer auszuhalten, deshalb verbrachte sie viel Zeit mit Charly, Isa und Franzi. Und natürlich mit Adesso und Renate.

Mila hatte mit Tamara besprochen, dass sie an jeder

zweiten Springstunde teilnehmen würde, um die restliche Zeit zusammen mit Luke an Adessos ausgeprägter Guckigkeit im Parcours und an ihrer reibungslosen Kommunikation miteinander zu arbeiten. Mila bewunderte Luke.

Er ritt Jolly Jumper ohne Sattel und Trense. Jolly reagierte allein auf Lukes Gewichtsveränderung. Die konnte minimal sein – manchmal sah Luke nur in eine andere Richtung und damit änderte sich seine Haltung – und schon wusste Jolly, was er tun sollte. Es war einfach unglaublich.

Für Mila stand fest: So wollte sie auch auf Adesso reiten können. Irgendwann.

„Adesso ist schon viel weniger guckig als vor zwei Wochen“, sagte Mila zu Franzi und Charly und führte Adesso auf die große Koppel, auf der Luke unterrichtete. „Ich meine, wir waren vorher ja immer im Gelände, da ist das ja nicht so schlimm. Aber beim Springen muss er sich konzentrieren und darf sich nicht so leicht ablenken lassen.“

Franzi kicherte. „Wäre doch mal was anderes, wenn Adesso sein Maul in die Unterlagen der Richter steckt und die Deko anknabbert, bevor er über die Hindernisse hoppelt“, meinte sie fröhlich.

Mila musste auch lachen. Sie stellte sich vor, wie Adesso mit einem halb angefressenen Siegerkranz um den Hals vor dem johlenden Publikum stand. „Ob Tamara mich danach allerdings noch jemals für das Internat zu einem Turnier schickt, ist fraglich.“

„Ist es denn jetzt schon sicher, dass du beim Marumer Springen mitmachst?“, wollte Charly wissen.

„Nee, überhaupt nicht sicher“, antwortete Mila. „Adesso hat immer noch sein ‚Mauer-Problem‘. Er springt einfach nicht über dieses Hindernis. Keine Ahnung, warum. Er hat totale Angst davor. Mittlerweile werde ich auch schon ganz nervös, wenn ich nur irgendwo eine Mauer sehe.“

„Gar nicht so einfach, oder?“, sagte Franzi mitfühlend. „Mauern gibt es hier auf der Insel schließlich an jeder Ecke.“

„Außerdem meint Tamara, Adesso steht noch nicht richtig in den Hilfen und ich muss ihn besser auf die Füße bekommen“, fuhr Mila fort. „Ich soll vor allem noch üben, die Ecken auszureiten, damit ich gerade auf die Hindernisse zusteuere.“

„Oh ja, damit hat mich Tamara den ganzen Winter getriezt. Ich höre es jetzt noch“, erwiderte Charly und schüttelte sich. „‚Charly, du musst mehr Weg zwischen den Sprüngen ausbauen.‘“

„Du hast das doch gut hinbekommen“, sagte Franzi. „Mit meiner Kniestellung wird Tamara wohl nie ganz zufrieden sein. Und Black Velvets Bascule ist auch nicht optimal.“

Mila sah Franzi verständnislos an. „Bascule? Was ist denn das?“

„Das ist die Wölbung des Rückens beim Sprung“, erklärte Franzi. „Und Black Velvet springt sehr flach.“

„Macht euch bloß nicht verrückt, Mädels“, hörten sie Luke sagen.

Franzi wurde krebsrot, obwohl ihr Gesicht vorher vornehm blass geschminkt gewesen war. „Wie lange hörst du uns schon zu?“, fragte sie mit gepresster Stimme. Das Ganze war ihr anscheinend oberpeinlich.

„Lange genug, um euch sagen zu können, dass das bestimmt alles wichtig ist und ihr Tamara auch gut zuhören solltet“, meinte Luke. „Meistens ist es aber so, dass durch eine harmonische Kommunikation zwischen Reiter und Pferd solche kleineren Probleme von allein verschwinden oder zumindest leichter zu lösen sind. Also, was ist? Wollt ihr mit euren Pferden ein wenig Spaß haben?“

Franzi hatte wieder zu ihrer normalen Bleiche zurückgefunden und nickte selig. „Nichts lieber als das.“

„Na klar. Ich freu mich bereits drauf“, fügte Mila hinzu und Adesso wieherte. „Ich bin schon gespannt, wie du diese 500 Kilo geballte Neugier und Ungeduld zum besonnenen Springen erziehen willst.“ Sie sah Adesso liebevoll an und strich ihm über den Nasenrücken.

„Ich auch“, sagte Luke lachend. „Aber mir wird schon noch etwas einfallen, hoffe ich.“

Und Luke war etwas eingefallen. Zu fast allem. Doch die Mauer war und blieb ein Problem für Adesso. Sobald Mila auf dieses Hindernis zuritt, weigerte sich Adesso und scheute. Mila setzte die Tipps, die ihr Tamara, Luke und auch Herr Gründgen gaben, gut um. Aber es half alles nichts.

„Wir können für Adesso nicht völlig neue Turnierregeln aufstellen“, meinte Tamara nach ein paar weiteren Trainingseinheiten. „Mila, ich befürchte, du kannst doch nicht am Turnier teilnehmen, wenn das so bleibt. Die Mauer gehört bei einem Turnier einfach dazu.“

Mila wusste das natürlich. Und sie wunderte sich, dass es ihr plötzlich so viel ausmachte, vielleicht doch nicht beim Marumer Springen mitmachen zu können. War es deshalb, weil sich alle so darauf freuten und fleißig trainierten? Tinis Angebot, Adesso als „Biest“ und Renate als die „Schöne“ zu verkleiden und vom Rand aus mitzufiebern, hätte sie vor drei Wochen liebend gerne angenommen. Aber das Springen hatte sie irgendwie gepackt. Es hatte richtig Spaß gemacht und nun wollte sie auch allen zeigen, was sie gelernt hatte. Nur: Tamara hatte natürlich recht. Ohne Mauer kein Turnier.

Sie ging zu Adesso, der gerade hinter den Stallungen auf der Koppel stand.

Als er Mila sah, trabte er auf sie zu. Seine Mähne war vom Wind völlig zerzaust.

„Du siehst wild aus, heute“, sagte Mila und ordnete die Mähne an seiner Stirn, so gut es ging. Wenn ich nur seine Gedanken auch so ordnen könnte, dachte sie. Vielleicht würde ich dann den Grund für deine Angst vor dieser blöden Mauer finden.

Adesso legte den Kopf schief und schnaubte Mila sanft an den Hals.

„Schon verstanden“, meinte Mila. „Du willst, dass

ich mir keine Sorgen mache und wieder lache, stimmt's?"

Adesso wieherte zustimmend.

„Du hast ja recht. Es ist völlig egal, ob wir an diesem Springturnier teilnehmen können oder nicht. Und ich weiß, dass du mich nicht ärgern willst. Bestimmt hast du sehr gute Gründe, warum du da nicht drüberspringen willst."

Adesso blickte zu Boden.

„Echt, mein Süßer. Ich bin dir nicht böse. Und es gibt keinen Anlass, sich zu schämen. Hast du Lust auf einen Ausritt?"

„Wir auch!", riefen Charly und Tini hinter Mila. „Nehmt ihr uns mit?"

„Klar. An den Strand?", fragte Mila. Sie drehte sich um. Tini hatte sich einen gepolsterten Meerjungfrauenschwanz aus glänzendem Stoff um die Hüften gebunden und trug unter ihrem Reithelm eine Perücke aus blauen und silbernen Haaren. In Renates Mähne hatte sie Muscheln, Seesterne und Plastikfische gebunden und um das Zaumzeug hingen ein paar Fetzen eines Fischernetzes.

„Oh, diese Frage erübrigt sich, wenn ich euch sehe. Eine Meerjungfrau und ein Seepferdchen können nur ein Ausflugsziel haben: das Meer."

Charly hob die Augenbrauen. „Ah, jetzt verstehe ich, was das ganze Gebammel an Renates Mähne und die Perücke soll!"

Tini stieg ab und umarmte Mila. „Mila weiß einfach magisch gut Bescheid", sagte sie.

Mila hob Tini ein kleines Stückchen nach oben und schmatzte ihr einen herzigen Kuss auf die Nase. „Ich bin ja schließlich auch deine Kusstrine, oder wie war das?“

Charly lachte. „Also Strand, ja? Vanilla und ich sind dabei!“

Sobald Adesso das Meer sah, war er kaum mehr zu bremsen.

„Ruhig, mein Schöner, jetzt kannst du es plötzlich wohl gar nicht mehr abwarten oder was?“, lachte Mila.

„Kein Wunder, der will Renate nach!“, sagte Charly. „So wie die hier durchs Wasser jagt, glaube ich, Tini hat Renates wahres Ich entdeckt: Sie ist ein Seepferdchen in einem Ponykörper!“

„Na ja, ich fand sie als Einhorn auch nicht schlecht. Und sie war sogar ein schönes Elfenpony ...“, meinte Mila. „Tini wird bestimmt noch weitere Seiten an Renate entdecken. Es bleibt also spannend.“ Mila ritt nah an Charly heran und pikte ihr mit der Gerte leicht in die Seite. „Was ist nun? Wer als Erste am Wasser ist?“, rief sie und galoppierte los.

„He, Gemeinheit! Das war ein Fehlstart!“, rief Charly zurück und jagte ebenfalls los. Fast gemeinsam kamen sie am Wasser an.

Mila erschrak. Die Wellen waren heute ganz anders. Viel rauer und höher. Plötzlich hatte sie Angst um Tini und Renate.

„Kommt raus da, ihr beiden. Die Wellen sind zu

hoch!“, schrie sie gegen den Wind und die Brandung an.

Tini wendete, ritt auf Mila und Charly zu und zeigte auf die rote Fahne, die neben dem Rettungsschwimmerhäuschen wehte. „Guckt mal. Die Warnfahne ist gehisst.“

Mila wunderte sich. Die hatten sie wohl gerade komplett übersehen. Und war es vorhin auch schon so dunkel gewesen?

Sie sah mit sorgengerunzelter Stirn in den Himmel, den immer mehr dunkle Wolken bedeckten. Von weit weg hörte sie ein dunkles Grollen. Kein Zweifel, da war ein Gewitter im Anmarsch.

Auch Charly hatte die Regenfront bemerkt. „Das Wetter schlägt um“, sagte sie. „Das geht hier auf der Insel ratzfatz. Wir sollten schnell zurück zum Internat. Vanilla hat total Schiss vor Donner. Außerdem ist es supergefährlich, bei Gewitter zu reiten. Hier ist alles so flach, da sind wir auf den Pferden der höchste Punkt. Und ich will wirklich nicht so gerne von einem Blitz erschlagen werden.“

„Ich auch nicht“, quietschte Tini ängstlich und versteckte sich unter dem Fischernetz. „Mila, ich will heim.“

In diesem Moment platschten die ersten Tropfen herunter.

„Zum Internat ist es zu weit. Das wird gleich richtig losgewittern“, sagte Charly bestimmt. „Reitet mir nach, wir stellen uns auf dem Islandpferdehof unter, auf dem du Pferdinand gefunden hast, Mila.“

Mila und Tini nickten.

Der Weg dauerte nur drei Minuten. Aber der Regen prasselte nun so stark auf Mila, Charly und Tini herunter, dass sie kaum noch etwas sehen konnten. Nach einer Minute hatte Mila keine trockene Stelle mehr am Körper. Nach zwei Minuten liefen kleine Bäche von ihrem Helm hinab. Doch nach drei Minuten kam endlich die große Weide in Sicht, auf der die Islandpferde ruhig grasten, als würde um sie herum kein Weltuntergangsgewitter toben.

Es donnerte. Mila zuckte zusammen und Vanilla wieherte ängstlich.

Mila sah zu Tini und Renate. Tinis Gesicht war nass. Mila hoffte, dass es nur der Regen war und keine Tränen. Ihre Cousine sah so klein und schutzlos aus, wie sie da auf Renate neben Charly ritt.

„Wir sind gleich da!“, rief Charly. „Der Hof liegt hinter der nächsten Wegbiegung.“ Sie trieb Vanilla an.

Charly hatte recht. Nach zweihundert Metern lag ein großes reetgedecktes Fachwerkhaus mit einer kopfsteingepflasterten Auffahrt vor ihnen. Der ganze Hof sah aus wie einer Ferienbroschüre entsprungen. *Reiturlaub mit Kindern in bezaubernder Umgebung*, schoss es Mila durch den Kopf.

Sie ritten hinein. Noch bevor sie absteigen konnten, kam Anna mit einem großen quietschgelben Schirm auf sie zugelaufen.

„Oh, my goodness!“, rief sie. „Schnell, kommt rein, sonst erkältet ihr euch noch.“

Adesso warf den Kopf nach hinten, tänzelte hin und

her und wieherte aufgeregt. Etwas hatte ihm Angst gemacht. Der Donner? Merkwürdig, vorhin war das Gewitter doch viel heftiger gewesen. Hatte er sich von Vanilla anstecken lassen?

Anna klappte den Schirm zu und öffnete die Stalltür. Sofort wurde Adesso ruhiger.

Dankbar schwangen sie sich von den Pferden.

Anna sah Mila an. „Du bist doch das Mädchen, das –“

„Ja, genau“, unterbrach Mila sie. „Ich habe neulich den Ausreißer Pferdinand zurückgeholt. Und das hier sind Charly und meine kleine Cousine Tini.“ Sie zeigte auf die beiden völlig durchnässten Mädchen.

„Die Vorstellungsrunde machen wir am besten drinnen im Warmen“, meinte Anna. „Jetzt stellen wir erst mal die Pferde unter und befreien sie von dem nassen Zeug.“

So schnell hatte Mila Adesso noch nie abgesattelt. Anna hatte Tini geholfen, die arme Renate von den Fischernetzen zu befreien. Seltsamerweise hatte sie über Renates merkwürdiges Outfit kein Wort verloren. Ob sie an Mini-Appaloosas mit Meeresschmuck gewöhnt war? Mila kicherte.

Dann rasten sie über den Vorplatz ins Haus hinein, zogen die Reitstiefel und die nassen Strümpfe im Flur aus und Anna hielt ihnen die Tür zur Stube auf.

Mila sah zuerst den langen Holztisch und darum herum viele Stühle in quietschbunten Farben. Beinahe auf jedem der Stühle hatte sich eine Katze zum

Schlafen eingerollt. Ein weißer Kachelofen, der es behaglich warm im Raum machte, stand in der einen Ecke, in der anderen Ecke war eine Küche, wie Mila sie aus den Bilderbüchern von Astrid Lindgren kannte. Töpfe, Pfannen und weiteres Kochgeschirr hingen an Haken an der Decke und die Teller und Tassen waren in offenen Regalen über dem Herd aufbewahrt. Die Wände waren weiß gekalkt und mit altmodischen Mustern bemalt.

Mila griff nach dem Hufeisenanhänger an ihrer Kette. Hier war es so schön gemütlich, dass ihr Herz vor Heimweh und Sehnsucht nach ihren Eltern und Aurelie ein wenig wehtat.

„Am besten, ihr zieht euch bis auf die Unterwäsche aus und hängt eure nassen Sachen an die Stange am Kaminsims“, schlug Anna vor. „Ich gehe kurz nach oben und hole ein paar Klamotten von mir, die ihr anziehen könnt, während eure trocknen. Und dann mache ich euch eine schöne Tasse heißen Kakao. Einverstanden?“

Damit waren sie sogar sehr einverstanden.

Tini war als Erste bis auf die Unterhose ausgezogen und Mila half ihr, die Sachen richtig aufzuhängen.

Milas Unterhemd war leider auch etwas feucht, deswegen setzte sie sich nah an den Kamin. Sobald sie saß, sprang eine braun getigerte Katze vom Stuhl und rollte sich auf ihrem Schoß zusammen. Mila strich über das glänzende Fell. Wie warm und weich sie war!

„Mum, hast du meine braune Reithose gesehen?“, rief in diesem Augenblick eine Jungenstimme, die Mila bekannt vorkam. Das klang doch … Genau! Das war Jans Stimme! Was machte der denn da? Oh, nein … Hilfe! Sie sah an sich herunter. Wie megaobersuperpeinlich! Wenn Jan nun zur Tür hereinkam! Dann säße sie hier in nasser Unterwäsche auf der Kaminbank mit einer schnurrenden Katze auf dem Schoß. Das durfte nicht passieren. Mila sah Charly verzweifelt an. Doch die zuckte nur mit den Schultern.

„Shit happens“, murmelte sie, schnappte sich ein großes Kissen vom Stuhl nebenan und versteckte sich dahinter.

Die Tür ging auf und Jan steckte den Kopf durch den Spalt. „Mum, wo steckst du denn? Hast du …?“ Weiter kam er nicht. Er starrte Mila an, die verzweifelt versuchte, sich irgendwie unsichtbar zu machen. Da ihr das zu ihrem Leidwesen aber nicht gelang, trat sie lieber die Flucht nach vorne an. „Äh, hallo, Jan!“, sagte sie so beiläufig, wie sie konnte. „Wir dachten, wir schauen mal hier bei euch auf dem Islandpferdehof vorbei.“

Jan grinste. „Ohne Klamotten?“, fragte er. „Interessant.“

„Nein … natürlich … äh … nicht!“, stotterte Mila. Sie schwitzte. „Das Gewitter war ganz plötzlich da. Warum bist du eigentlich nicht nass?“

„Ich war gar nicht draußen bei dem Sauwetter“, antwortete Jan. „Bei Gewitter kriegen mich keine drei Wildpferde vor die Haustür.“

Mila schwieg. Sie musste kurz ihre Gedanken sortieren. Haustür? Externer Schüler? Englische Mutter?

Anna mit „Ä“? Die Puzzlestücke passten zusammen. Jan wohnte hier und Anna war seine Mutter! Warum in aller Welt hatte Charly sie nicht vorgewarnt? Wahrscheinlich war ihr überhaupt nicht klar gewesen, dass Mila nicht wusste, dass Jans Eltern der Islandpferdehof gehörte.

Anna kam mit dem Arm voller Jogginghosen und Sweatshirts herein. „Hoppla, ihr habt Herrenbesuch?“, sagte sie amüsiert. „Jan, verschwinde mal kurz nach draußen, damit sich die Mädels in Ruhe anziehen können. Und ruf Frau Steinbach an und sag ihr, dass die drei hier sicher untergekommen sind.“

„Wird gemacht. Ich weiche der geballten Frauenpower“, entgegnete er. „Aber wenn es anschließend Kakao geben sollte, will ich gerufen werden!“

Mila schlüpfte in eine weiche Hose und in ein graues Sweatshirt. Das fühlte sich doch gleich viel besser an. „Danke, Anna“, sagte sie und machte es sich auf der Bank beim Tisch gemütlich. Die kleine Tigerkatze witterte ihre Chance, sprang sofort wieder auf Milas Schoß und legte sich auf den Rücken.

„Du bist ja ein richtiger kleiner Schmuser“, meinte Mila und kraulte die Katze am Bauch. Die begann sofort, noch lauter zu schnurren als zuvor.

Anna stellte ein Tablett mit fünf Tassen duftendem Kakao auf den Tisch und sagte: „Ah, das ist typisch für unsere Mini-Raubtiere. Ich hoffe, es macht dir nichts aus, dass sie dich sofort mit Beschlag belegt. Fanny, unsere Katze, hat nämlich im Herbst fünf Junge bekommen. Und was soll ich sagen? Ich konnte mich von keinem trennen. Deswegen haben wir jetzt sechs Katzen – aber leider nur drei Schöße und sechs Hände zum Kraulen."

„Nein, im Gegenteil, ich finde es sogar sehr schön", antwortete Mila. „Auf meinem Reiterhof zu Hause gibt es auch eine Menge Katzen."

„Dann ist es ja gut", erwiderte Anna. Anschließend rief sie laut: „Jan, du kannst wiederkommen. Die Damen sind bekleidet und der Kakao ist warm!"

„Na endlich, ich kann meinen Schokoladen-Heißhunger kaum mehr unter Kontrolle halten", antwortete er und saß blitzschnell mit am Tisch. Schwupps hatte er sich die größte Tasse vom Tablett geschnappt und trank gierig.

„Anna, ich will nicht zu neugierig sein, aber ich würde so gerne die Geschichte von Pferdinand und Fenja hören", sagte Mila, nachdem sie vom Kakao probiert hatte. „Sie haben mich letztes Mal richtig neugierig gemacht!"

Anna lächelte. „Ja, die Geschichte von Pferdinand und Fenja", begann sie geheimnisvoll. Dann sah sie Jan an. „Willst du oder soll ich?"

„Für Liebesgeschichten bist du zuständig", entgegnete er. Er deutete auf seine Tasse. „Außerdem kann man beim Erzählen nicht so gut Kakao trinken. Sonst sind hinterher alle braun gesprenkelt, wenn ich lachen muss."

„Ja, dieses Risiko können wir auf keinen Fall eingehen. So viele Wechselklamotten habe ich nämlich nicht." Anna setzte sich und fing an zu erzählen:

„Es war in einer Nacht vor ziemlich genau sechs Jahren. Der Winter war rau gewesen und es lag noch Schnee. Birka, eine schwarze Isländerstute, war trächtig und ihr Fohlen kündigte sich an. Ich war bereits seit Stunden bei ihr im Stall, um ihr bei der Geburt zu helfen. Plötzlich polterte es und die Stalltür ging auf. Herein kam eine weiße Stute, die ebenfalls trächtig war. Sie wieherte und sah mich mit großen Augen an. Und da merkte ich, dass auch sie Wehen hatte. Sie tat mir so leid. Warum war sie in diesem Zustand von zu Hause weggelaufen und zu mir gekommen? Ich zeigte ihr einen Platz, wo sie ihr Fohlen zur Welt bringen konnte. In den nächsten Stunden half ich abwechselnd Birka und der weißen Stute. Und tatsächlich: Beide Fohlen wurden in dieser Nacht geboren. Ihr könnt es euch vielleicht denken: Es waren Pferdinand und Fenja." Sie hielt inne und fuhr nach einer kurzen Pause fort: „Dann aber passierte etwas Schreckliches. Die weiße Stute war so schwach, dass sie kurz nach der Geburt starb. Doch Pferdinand überlebte dank Birka. Sie ließ ihn bei sich trinken und Fenja und er wurden unzertrennlich. Sie wuchsen gemeinsam auf und wurden von Birka großgezogen."

Mila schluckte. Das war die schönste und traurigste Pferdegeschichte, die sie je gehört hatte. „Aber wie kam Pferdinand dann zu Nele?", fragte Mila. „Hat sie ihn euch abgekauft?"

„Nein", erwiderte Anna. „Pferdinand gehört jetzt dem Pferdeinternat. Wir konnten ihn nicht seinen Talenten entsprechend fördern, deswegen habe ich ihn an Frau Steinbach verkauft. Natürlich nur unter der Bedingung, dass Pferdinand und Fenja sich weiterhin sehen dürfen. Dass er sich allerdings von alleine hierher auf den Weg macht, ist neu." Sie schmunzelte.

„Ach so", meinte Charly. „Dann hat Nele ein Stipendium erhalten. Da bekommt man ein Pferd von der Schule gestellt. Das erklärt vieles. Vor allem auch, dass Nele sich nicht so wahnsinnig viel aus Pferdinand zu machen scheint."

„Ihr hättet auch mich mal fragen können!", quäkte Tini dazwischen. „Ich hätte euch auch sagen können, dass Pferdinand schon lange bei uns im Stall steht."

Anna sah ein wenig traurig aus. „Wirklich? Das finde ich aber sehr schade für Pferdinand. Er ist ein sehr großherziges und treues Pferd. Und obendrein ein toller Springer."

„Klar liebt Nele Pferdinand", behauptete Tini. „Die kuschelt doch ständig mit ihm. Hab ich schon gesehen."

„Ich glaube, da hast du dich getäuscht", meinte Charly. „Für Nele ist Pferdinand nichts weiter als das Pferd, mit dem sie möglichst viele Turniere gewinnen will."

„Püh. Dann glaubt mir halt nicht", erwiderte Tini verärgert und zog ein Beleidigte-Leberwurst-Gesicht. „Ich weiß, was ich gesehen habe."

„Was sagst du denn dazu, Jan?", fragte Anna. „Nele ist doch das Mädchen, mit dem du dich in letzter Zeit öfter getroffen hast, oder?"

Milas Herz machte einen Sprung. Jetzt würde sie

erfahren, ob Jan und Nele ein Paar waren oder Freunde oder …

Doch zu ihrer Überraschung winkte Jan ab.

„Nele?“, sagte er. „Aus der werde ich überhaupt nicht schlau. Seit wir zusammen an den Flyern für das Marumer Springen arbeiten, hat sie mit mir bisher nur über das Layout gesprochen. Ich glaube, die nimmt mich nicht ernst, weil ich kein Springreiter bin und mich in ihren Augen mit den falschen Pferden abgebe. Keine Ahnung. Vielleicht lieg ich auch falsch. Aber irgendwas passt ihr an mir nicht. Wenn wir das Projekt fertig haben, wird sie wahrscheinlich gar nicht mehr mit mir reden. Kurzum: Zu Nele kann ich euch gar nichts sagen.“

Mila atmete erleichtert auf. Nele und Jan waren also kein Paar. Im Gegenteil. Nele schien Jan gar nicht besonders zu mögen. Jippie. Dann konnte sie also mit ihm sprechen, ohne furchtbaren Rachezorn auf sich zu ziehen. Mila sah Jan an und lächelte. Und Jan lächelte zurück. Mila merkte, dass ihr Bauch sich plötzlich ganz komisch anfühlte. Wie nach fünf Achterbahnrunden ohne Pause. Kribbelig, taub und mit rosa Zuckerwatte vollgestopft.

„Well“, meinte Anna. „Nun kennt ihr also die Geschichte von Fenja und Pferdinand. Der große Graue ist hier immer willkommen, ihr könnt gerne jederzeit mit ihm vorbeischauem. So, wollen wir noch eine Runde *Pferd ärgere Dich nicht* spielen, bis eure Kleider trocken sind?“ Sie nahm eine Holzschatulle aus dem Regal und öffnete sie. „Funktioniert wie *Mensch ärgere Dich nicht*. Die geschnitzten Pferdefiguren habe ich einmal vor langer Zeit von einem guten Freund bekommen. Hübsch, nicht wahr?“

Mila nahm vorsichtig eine der Pferdefiguren aus der Schachtel. Es gab vier weiße, vier braune, vier schwarze und vier gescheckte Pferde, jeweils in verschiedenen Rassen. Die Tiere waren so detailgetreu und lebensecht geschnitzt, dass Mila sich nicht gewundert hätte, wenn eines davon einfach quer über den Tisch galoppiert wäre.

Anna legte das Spielbrett aus und Charly und Tini stellten die restlichen Figuren auf.

„Hm, lass mich mal raten“, sagte Mila zu Tini. „Du nimmst –“

„– die gescheckten! Die, die so aussehen wie Renate, ist doch logo!“, rief Tini und würfelte los.

Kunterbunte Überraschungen

Nach zwei Stunden waren ihre Kleider trocken und das Gewitter hatte sich gelegt. Doch weder Mila noch Tini und Charly hatten Lust, schon zurück zum Internat zu reiten. Also beschlossen sie, noch eine weitere Runde *Pferd ärgere Dich nicht* zu spielen, bevor sie aufbrachen.

Anna hatte ihnen ein paar Brote geschmiert. Tini schnappte sich gleich zwei und biss heißhungrig abwechselnd vom einen und dann vom anderen ab.

„He, lass uns auch noch was übrig. Nicht alle hier essen im gestreckten Galopp", ermahnte Charly.

„Nur für den Fall, dass Frau Käthe heute Abend keine Nudeln im Angebot hat", erklärte Tini schuldbewusst und legte eine der angebissenen Stullen zurück auf den Teller.

„Ihhh", sagte Mila. „Das kannste jetzt auch noch essen. Also echt!" Sie drückte Tini das Brot wieder in die Hand. „Aber Tante Käthe ist ein gutes Stichwort. Wir müssen jetzt wirklich zurück."

Sie verabschiedeten sich von Anna und Jan und sattelten ihre Pferde.

Als sie am Internat ankamen, dämmerte es bereits.

„Die Nudeln können wir für heute vergessen. Wir sind zu spät“, meinte Charly. „Die sind alle schon beim Abendessen.“

Charly hatte recht. Der Hof und der Stall waren menschenleer.

Sie versorgten die Pferde und Mila begleitete ihre kleine Cousine zur Wohnung von Tante Caro.

„Gut, dass ich dich sehe“, meinte Caro, als sie die Tür öffnete. „Ich soll dir von Frau Steinbach ausrichten, dass du mal zu ihr ins Büro kommen sollst.“

Mila erschrak. Was hatte sie denn nun schon wieder angestellt? Hatte sich Nele wieder über sie beschwert?

„Guck nicht so ängstlich“, sagte Caro. „Es ist nichts Schlimmes. Ich glaube, du hast Post aus Kenia bekommen.“

Post aus Kenia? Von Mama und Papa? Das war natürlich etwas anderes. Ob sie noch vor dem Abendessen schnell bei der Direktorin vorbeischauen sollte? Vielleicht war Frau Steinbach ja noch in ihrem Büro.

Mila ging den dunklen Flur entlang. Sie hatte Glück. Die Tür zum Direktorat war einen Spaltbreit offen und helles Licht drang heraus.

Mila legte einen Schritt zu. Doch gerade als sie klopfen wollte, hörte sie etwas, was sie innehalten ließ.

„Es geht um Nele“, hörte sie Frau Steinbachs Stimme. „Wir machen uns wirklich Sorgen. Nicht um ihre reiterlichen Leistungen, die sind nach wie vor hervorragend. Aber wegen ihres Verhaltens. Sie ist abweisend und wird immer verschlossener. Sie verkraftet es nicht, dass ihre Stute Fairy verkauft worden ist. Wir dachten alle, ein Stipendium am Pferdeinternat und die Möglichkeit, mit einem so talentierten Springpferd wie Pferdinand trainieren zu können, würden sie ablenken. Doch es funktioniert einfach nicht. Es scheint ihr immer schlechter zu gehen. Was schlagen Sie vor?“

Dann schwieg Frau Steinbach.

Mila zog die Augenbrauen nach oben. Fairy? Hatte sie das richtig verstanden? Fairy war Neles Pferd gewesen! Warum war es wohl verkauft worden?

„Ich verstehe“, fuhr Frau Steinbach fort. „Das können wir natürlich versuchen …“

In diesem Augenblick polterte Milas Handy auf den Boden. Mist. Verdammter. Nun würde sie nicht mehr hören, was Frau Steinbach für Nele plante.

„… ich muss leider aufhören“, sagte Frau Steinbach. „Wir besprechen das morgen, okay?“

Es machte KLACK! Offensichtlich hatte die Direktorin das Telefon auf die Ladestation zurückgestellt.

Mila steckte ihr Handy wieder in die Tasche und klopfte leise. „Frau Steinbach? Ich bin es, Mila!“

„Komm rein!“, rief die Direktorin freundlich. „Hier steht eine riesige Überraschung für dich.“

Mila drückte die Tür auf. Neben dem Schreibtisch stand ein in kunterbunten Stoff eingewickeltes Päckchen.

„Ein Gruß aus Kenia“, meinte Frau Steinbach. „Viel Spaß damit.“

Mila hob das Päckchen hoch. Es war ganz schön schwer. Was hatten ihre Eltern da bloß geschickt? Einen afrikanischen Baby-Elefanten?

Sie schleppte das bunte Ungetüm auf ihr Zimmer, ließ es aufs Bett plumpsen und wickelte es aus. Neben Unmengen getrockneter Früchte und einem Fünf-Liter-Glas Erdnussbutter hatte ihre Mutter ihr auch noch ein buntes Oberteil und eine passende Hose dazugelegt. Mila freute sich schon auf Franzis entsetztes Gesicht, wenn sie ihr diese Klamotten zeigte. Das totale Kontrastprogramm zu ihrem geliebten Schwarz.

Mila überlegte kurz, ob sie sich noch ins Abendessengetümmel werfen sollte, beschloss dann aber, lieber das Erdnussbutterglas zu plündern.

Ihr Blick fiel auf Neles ordentlich gemachtes Bett und die kahlen Wände darüber. Das, was sie heute über Nele erfahren hatte, warf ein ganz neues Licht auf sie. Sie hatte ihr Pferd verkaufen müssen. Wie schrecklich. Kein Wunder, dass Nele vor lauter Kummer überhaupt nicht mehr wusste, was sie tat. Nachdenklich tauchte Mila ein Stück getrocknete Ananas in die Erdnussbutter und schob es sich in den Mund.

Ob Charly schon mit dem Essen fertig war? Mila brauchte dringend jemanden zum Reden. Und zwar sofort!

„Kommst du mit in den Stall? Ich muss dir unbedingt etwas erzählen!“

„Jetzt? Gleich?“, fragte Charly.

Mila nickte bestimmt.

„Okay, ich mach nur schnell den Rechner aus“, meinte Charly und beendete mit einem Klick das E-Mail-Programm.

Doch Mila hatte noch einen Blick darauf werfen können. „Charlotte Arlene von Löwenstein-Gabelsberg?“, las sie. „Bist du das?“

„Äh, ja. Meine Eltern haben es sowohl mit den Vornamen als auch mit den Nachnamen ein wenig übertrieben“, antwortete Charly.

„Also ich finde den Namen cool. Hat was. Wie eine feine Dame.“

„Ja, klar. Und die feine Dame zieht nun ihren superfeinen Löcherpulli an und geht mit ihrer Freundin in den Pferdestall, in Ordnung?“ Charly hakte Mila unter und sie machten sich auf den Weg zu den Pferden.

„Komm, wir gehen zu Adesso und Renate“, schlug Charly vor, als sie den Stall betraten. „Dann haben wir beide jemanden zum Kuscheln.“

Mila lachte und öffnete die Box. Renate schnupperte neugierig an Milas Händen. „Das ist Erdnussbuttergeruch, mein elfenhaft verfressenes Meerjungfrauen-Einhorn“, sagte sie und drückte Renate einen Schmatzer auf die Nase.

Charly lehnte sich an Adesso. „Du machst es aber wirklich spannend. Warum riechen deine Hände nach Erdnussbutter, wenn es doch heute Abend nur Kartoffeln mit Quark gab? Und was machen wir hier so geheimnisvoll im Stall?“

„Echt? Das ist ja krass. Neles Pferd musste verkauft werden?", fragte Charly atemlos, als Mila geendet hatte. „Ich glaube, da würde ich auch durchdrehen. Weißt du, warum?"

„Keine Ahnung. Mir ist das blöde Handy runtergefallen und dann hat Frau Steinbach aufgelegt." Mila zuckte mit den Schultern.

„Du hast wenigstens ein Handy", tönte es von draußen und Tini schob die Boxentür auf. Sie hatte ihre Digitalkamera vor der Nase. „Mama erlaubt mir keines. Nicht mal eines nur zum Telefonieren." Sie schielte über die Kamera. „Guckt mal nicht so komisch. Ich mache einen Film!"

„Das sehen wir", antwortete Mila. Sie pikste Tini in die Seite. „Aber wir wollen nicht gefilmt werden!"

„Niiiiicht kitzeln", schrie Tini und krümmte sich. „Sonst verwackelt doch alles!"

„Nur wenn du mit der Filmerei aufhörst!", sagte Mila und kitzelte weiter.

„Jaaa, schon gut. Ich höre auf. Ich schwöre!!!", kicherte Tini. Sie versteckte sich hinter Renate, die sofort ihre Nase in Tinis Jackentaschen steckte, um zu prüfen, ob etwas Essbares darin war.

„Was macht ihr überhaupt hier?", fragte sie dann. „Besprecht ihr was Geheimes oder so? Dann will ich es auch wissen."

„Wie kommst du denn darauf?", versuchte Charly sie abzulenken. „Wir sitzen hier nur so und quatschen ein wenig. Lass doch mal sehen, was du so für Filme machst!"

Oh nein, dachte Mila. Der unerschöpfliche Inhalt von Tinis Digitalkamera. Aus dieser Nummer würden sie so schnell nicht herauskommen.

„Klar“, sagte Tini stolz und hielt Charly das kleine Display vor die Nase. „Hier hab ich mit Renate *Eiskönigin* gespielt. Ich bin Elsa und sie ist Anna.“ Mila sah Charly über die Schulter. Tatsächlich. Tini mit blonder und Renate mit brauner Perücke, die um eine Vogelscheuche in Schneemann-Olaf-Kostüm herumritten. Tini sang laut dazu das Lied *Willst du einen Schneemann bauen?*

Mila musste zugeben, dass das wirklich ganz süß aussah – und klang.

„Und dann zeige ich euch noch, wie ich Renate die Eiszapfen in die Mähne geflochten habe. Das hat den ganzen Morgen gedauert.“

Und der Film würde sicher den ganzen Abend dauern. Mila stöhnte innerlich. Das hatten sie nun davon.

Das Ganze begann genau so, wie Mila erwartet hatte. Deko-Eiszapfen im Heu. Jeder einzelne von ihnen detailliert von Tini gefilmt. Doch dann wackelte das Bild und schwenkte um. Nun war Pferdinands Box zu sehen – und Nele, die ihre Arme fest um seinen Hals geschlungen hatte.

„Sieh dir das an!“, staunte Mila und deutete auf Nele. „Tini hat recht gehabt. Nele kann Pferdinand offensichtlich doch ganz gut leiden. Sie versteckt es nur vor uns!“

„Ihr habt mir echt nicht geglaubt, oder?“, sagte Tini

beleidigt. „Aber irgendwas ist mit dem Film falsch. Die Kamera ist umgefallen oder so was. Ich zeig euch was anderes, ja?"

„Nein", riefen Charly und Mila gleichzeitig. „Bloß nicht!"

„Lass ruhig weiterlaufen", meinte Mila.

„Aber das ist nur Nele", erwiderte Tini erstaunt. „Die wollte ich gar nicht aufnehmen. Das war ein ganz falscher Fehler."

„Umso interessanter. Kann ich mal die Kamera haben?", fragte Mila.

Tini war nun völlig verwirrt. „Klar."

Mila und Charly starrten auf den kleinen Bildschirm. Nele striegelte Pferdinand und flüsterte ihm ab und zu etwas ins Ohr. Dann ging sie aus der Box und ließ die Tür weit offen stehen. Pferdinand blieb verwundert über seine plötzliche Freiheit stehen und wagte sich immer weiter heraus. Plötzlich war er vom Kamerabildschirm verschwunden und man sah nur noch die leere Box.

„Das hab ich gar nicht mitgekriegt", meinte Tini. „Ich war so mit Flechten beschäftigt."

Mila öffnete das Kameramenü. „Wusste ich es doch! Der 21. März. Der Tag, an dem Pferdinand verschwunden ist. Doch das mit der Tür war nicht ich! Das war Nele. Und zwar mit voller Absicht!" Sie ballte die Fäuste. „Boah, ich könnte diese blöde Trulla erwürgen. Diese falsche Schlange! Diese … diese … Scheißkuh. Wenn die mir das nächste Mal unter die Augen kommt …" Mila trat mit dem Fuß gegen die Schiebetür der Box, dass es nur so donnerte. Adesso und Renate wieherten ängstlich und Tini hielt sich erschrocken die Ohren zu.

„Ruhig, Mila. Tick doch nicht immer so aus." Charly legte ihr die Hand auf den Arm. „Zeig noch mal her", sagte sie und startete den Film erneut. „Es stimmt. Nele hat Pferdinand rausgelassen und später behauptet, du wärst nachlässig gewesen. Das muss ich jetzt erst mal verdauen." Sie stützte ihren Kopf auf beide Hände. „Mmm. Sie will dir schaden, weil sie total eifersüchtig auf dich ist. Und irgendwie kann ich sie auch verstehen. *Du* kommst mit zwei Pferden hierher, obwohl das eigentlich gar nicht erlaubt ist. *Sie* hat ihr Pferd gerade verloren und muss auf einem Schulpferd reiten. *Du* musstest dich für *Inselglück* nicht mal qualifizieren, *Nele* dagegen hat lange hart dafür trainiert. *Du* hast Tante und Cousine vor Ort und alle finden dich sofort nett. *Ihre* Familie ist weit weg und alle finden sie total strange und verschlossen. Am härtesten hat sie dann wahrscheinlich getroffen, dass du so super reiten kannst. Damit machst du ihr das Einzige streitig, woran sie sich klammert, nämlich, dass sie die beste Springreiterin hier ist."

Mila kickte ein paarmal wütend mit der Spitze des Reitstiefels auf den Boden. Das war ja alles schön und gut, aber das gab Nele doch nicht das Recht, sie so zu behandeln. So was machte man einfach nicht! Am liebsten wäre sie sofort zu der doofen Schnepfe gerannt und hätte ihr das Beweisvideo so lange unter die Nase gehalten, bis sie sich entschuldigt hätte. Bei ihr und bei Pferdinand. Obwohl ... Nele hatte Pferdinand ja gar nicht so schlecht behandelt. Er war eben einfach nicht Fairy. Mila fühlte deutlich, dass sie durchdrehen würde, wenn sie sich von Adesso trennen müsste. Schon irgendwie verständlich, dass es Nele oberscheiße ging. Milas Wut war plötzlich wie weggeblasen und sie knibbelte nachdenklich an ihren Fingernägeln. Schließlich sah sie Charly und Tini an und meinte: „Ich frage mich, ob wir Nele irgendwie helfen können ...“

Der Superplan

„Und was hältst du von der Firma hier?“ Charly zeigte begeistert auf den Bildschirm von Milas Rechner. „*Baumanns Superleckerli für Pferde*? Die wollen doch bestimmt ein wenig Werbung beim Marumer Springen machen, oder?“

„Kann ich mir nicht vorstellen. Die Firma ist doch miniklein. Ich glaube nicht, dass die viel Sponsorengeld lockermachen können. Lass uns mal lieber bei den großen Gestüten nachfragen“, schlug Mila vor.

Sie saßen nun schon seit über einer Stunde vor dem Computer und versuchten, Geldgeber für das Marumer Springen zu gewinnen. Bisher hatten sie nur Absagen bekommen und Mila bereute es, dass sie sich von Charly hatte überreden lassen, in dieser Arbeitsgruppe mitzumachen. Viel lieber hätte sie die Organisation vor Ort übernommen und noch viel lieber das Layout der Flyer und Broschüren. Aber diese Gruppen waren alle voll besetzt gewesen.

„Ja, gut, dann Gestüte“, meinte Charly und tippte einige Schlagworte in die Suchmaschine ein. Sie klickte ein paarmal, sagte keinen Ton mehr und starrte konzentriert auf den Bildschirm. „Das ist ja interessant“, murmelte sie.

„Was meinst du?“, fragte Mila.

„Hier, schau mal.“ Charly knibbelte aufgeregt an ihrem Ohrläppchen herum. „Da ist ein Bericht über Nele und ihre Eltern. Mit Bild. Die hatten offensichtlich mal ein großes Gestüt. Aber irgendwas ist schiefgelaufen und sie sind pleitegegangen.“

Mila überflog den Text und scrollte nach unten. Ein Bild von einer weißen, makellosen Stute wurde sichtbar. Darunter stand: *Selbst Fairy, die vielversprechende Stute von Tochter Nele, konnte der einst so erfolgreiche Pferdezüchter Wuttke nicht halten. Sie wurde an das Gestüt* Drei Lilien *verkauft, das nun große Hoffnungen in das siebenjährige Pferd setzt.*

„Ich habe noch nie ein so schönes Pferd gesehen“, sagte Mila bewundernd. „Ein richtiges Traumpferd.“

„Jetzt tust du Adesso und Vanilla aber unrecht.“ Charly runzelte die Stirn. „Aber stimmt schon. Fairy sieht toll aus. Wie eine Fee eben. Der Name ist anscheinend Programm.“

„Weißt du, was? Es ergibt gar keinen Sinn, wenn wir hier weiter mailen und herumtelefonieren. Wenn wir Sponsoren finden wollen, müssen wir persönlich zu den Leuten hingehen und ihnen das Turnier vorstellen. Und ich habe soeben beschlossen, dass wir mit dem Gestüt *Drei Lilien* anfangen. Denn dort gibt es ja so einiges, was uns interessiert!“ Mila zwinkerte Charly zu.

„Spinnst du?“ Charly sah Mila entgeistert an. „Wir

können doch nicht einfach so aufs Festland. Das erlaubt uns die Steinbach niemals." Charly schnappte sich die Mappe mit den eisernen Regeln des Pferdeinternats und wedelte damit vor Milas Nase herum. „Schon vergessen?"

Mila nahm die Mappe, legte sie unters Kopfkissen und grinste. „Wer sagt denn, dass wir sie fragen? Wenn wir die Sache gut planen, kriegt sie von unserem kleinen Ausflug überhaupt nichts mit."

„Du bist tutto completto plemplem, weißt du das?" Charly verdrehte die Augen. „Und wie, bitte schön, willst du zu dem Gestüt kommen? Wir haben weder Auto noch Führerschein und einen Bahnhof hat dieses Kaff bestimmt auch nicht."

„Gib mir mal mein Handy rüber. Ich hab da so eine Idee: Wir rufen das Aurelie-Taxi!"

Aurelie war sofort einverstanden gewesen, Mila und Charly bei ihrem Problem zu helfen und sie mit dem Auto beim Fähranleger abzuholen. Sie hatte zwar noch einen Versuch unternommen, Mila zu überzeugen, zuvor mit Frau Steinbach zu sprechen, aber Milas Entschluss stand felsenfest: Der Plan sollte am Sonntag ausgeführt werden und sie würden niemandem etwas von ihrem Vorhaben sagen.

Mila hatte einen wilden Traum gehabt. Sie war mit Adesso im Wald unterwegs gewesen und plötzlich stand Renate vor ihnen. Mit einem echten goldenen Horn auf der Stirn. Renate war auf eine Lichtung gelaufen und Mila und Adesso waren ihr gefolgt. Auf der Lichtung hatte ein funkelndes weißes Pferd gestanden – Fairy. Doch je näher Adesso und Mila herangeritten waren, desto weiter hatte sich Fairy entfernt …

Völlig durcheinander fuhr sie aus dem Schlaf hoch und blickte auf die Uhr. 5:23 Uhr. Höchste Zeit aufzubrechen. Hoffentlich hatte Charly nicht verschlafen. Doch als Mila auf den Flur trat, wartete ihre Freundin bereits auf sie. Sie saß mit dem Rücken an die Wand gelehnt, einen dicken Rucksack neben sich.

„Wie lange willst du denn wegbleiben?“, fragte Mila und deutete auf den Rucksack.

„Ich habe nur das Notwendigste eingepackt“, antwortete Charly mit leicht beleidigtem Unterton. „Und ich habe bei Frau Käthe Leckereien geschnorrt.“

„Du hast ihr doch hoffentlich nichts gesagt?“ Mila sah Charly mahnend an.

„Für was hältst du mich? Für Gossip Girl persönlich? *Natürlich* habe ich *nichts* gesagt, ist doch Ehrensache.“

Sie schulterten ihre Rucksäcke und schlichen durch den dunklen Flur.

Das Gelände des Internats war wie ausgestorben. Niemand bemerkte die beiden Mädchen, als sie das schwere schmiedeeiserne Tor aufschoben und sich quer über die Salzwiesen in Richtung Fähranleger aufmachten.

Zwei Feen für Fairy

„Mila! Huhu, hier drüben!“ Aurelie stand am Hafen und winkte mit einem roten Stofftaschentuch.

Mila rannte auf Aurelie zu und warf sich in ihre Arme. „Du bist wirklich gekommen!“, sagte sie glücklich.

„Was hast du denn gedacht?“, antwortete Aurelie. „Glaubst du etwa, ich lasse mein Mila-Mädchen bei einer so heiklen Sache im Stich? Da kennst du mich aber schlecht.“ Sie schmatzte Mila jeweils einen dicken Kuss auf die Backe. Dann bemerkte sie Charly, die etwas unschlüssig neben ihnen stand.

„Und du bist Milas Freundin?“

Charly nickte und machte einen kleinen Knicks. „Ich bin Charly“, stellte sie sich vor. „Ich freue mich sehr, Ihre Bekanntschaft zu machen.“

„Du bist aber höflich“, entgegnete Aurelie überrascht. „Du kannst mich übrigens duzen. Ich bin Aurelie.“ Sie versuchte, Charlys Knicks nachzumachen, was ihr allerdings gründlich misslang. Sie sah eher aus wie ein Huhn, das gerade ein Korn aufpicken wollte. „Na, das mit der Knickserei lasse ich wohl mal besser", lachte sie. „Keine Angst. Im Autofahren bin ich dafür einsame Spitze."

Mila lächelte gequält. Sie erinnerte sich noch gut an einige Autofahrten mit Aurelie. Aurelie fuhr immer zu schnell und hupte vor jeder Kurve mehrmals laut. Was aber möglicherweise genau der Grund war, warum nie etwas Schlimmes passierte. Tiere und Menschen wussten genau, wann sie sich näherte, und konnten sich rechtzeitig in Sicherheit bringen.

„Kennst du eigentlich das Gestüt *Drei Lilien*?", fragte Mila Aurelie, als sie in ihrem hellblauen Mini saßen.

„Ich hab schon davon gehört", meinte Aurelie. „Aber ich interessiere mich nicht sonderlich für Pferdezucht und Turniere. Eigentlich weiß ich nur, dass wir gar nicht so weit fahren müssen. Zum Glück, denn sonst würde dein Geheimplan auf *jeden* Fall in die Hose gehen. So geht er nur *sehr wahrscheinlich* in die Hose. Echt Mila, es wäre mir wirklich lieber gewesen, wenn du Bescheid gesagt hättest und ich euch jetzt ganz legal zum Gestüt kutschieren könnte."

„Aurelie, seit wann bist du so ängstlich? Ich dachte immer, mit dir kann man Pferde stehlen?" Mila kicherte.

„Seit deine Eltern mich gebeten haben, ein Auge auf dich zu werfen, kannst du mit mir nur noch Ponys stehlen. Mini-Ponys, um genau zu sein. Alles andere ist mir zu heikel." Sie machte eine Grimasse. „Also, bringen wir es hinter uns!" Sie drückte das Gaspedal voll durch und der kleine Mini raste los.

Mila war darauf vorbereitet gewesen und hatte sich vorsorglich am Griff festgeklammert. Sie grinste nach hinten zu Charly, die wie ein schwerer Sack Kartoffeln in den Sitz gepresst wurde.

MÖÖÖP, MÖÖP, fuhren sie in Affentempo die kurvige Landstraße entlang.

„Wie lange dauert die Fahrt noch mal?“, piepste Charly.

„Ich denke, in einer halben Stunde sind wir da“, meinte Aurelie. „Wenn ich mich ein wenig beeile, vielleicht sogar in 25 Minuten.“

„Nein, nicht beeilen“, flüsterte Charly schreckensbleich. „Lieber ein bisschen länger … äh … leben.“

Nach 27 Minuten und 30 Sekunden parkte der hellblaue Mini mit quietschenden Reifen auf *Drei Lilien*. Aurelie wollte lieber im Auto auf sie warten. „Ihr macht das schon“, hatte sie gesagt. „Bei Erwachsenen sind die bestimmt viel knausriger als bei euch netten Mädels.“

Mila und Charly stiegen aus und liefen durch das geöffnete Tor.

Als sie außer Sichtweite von Aurelie waren, meinte Charly: „Warte mal kurz. Ich muss mich erst erholen. Mir ist total übel. Aurelie ist ja supernett, aber ihr Fahrstil … puh, der ist echt gewöhnungsbedürftig.“

Nach ein paar tiefen Atemzügen hatte sich Charlys Gesichtsfarbe wieder normalisiert und sie gingen weiter. Das Gestüt war riesig. Mila überlegte: Wie viele Pferde mochten hier wohl stehen? Bestimmt über hundert. Die Stallungen wirkten noch ganz neu und alles war sehr sauber und ordentlich. Die Angestellten trugen alle ein grünes Sweatshirt, auf dem das Logo des Gestüts und ihr eigener Name eingestickt waren. Gerade wurden zwei edle braune Araberstuten in einen Pferdeanhänger verladen.

„Guck mal, wie teuer und nobel das alles aussieht", sagte Mila zu Charly. „Das wäre genau der richtige Sponsor für das Marumer Springen, oder was meinst du?"

Charly war auch ziemlich beeindruckt und nickte. „Das wäre echt cool. Aber viel wichtiger ist, dass wir Fairy finden."

„Eins nach dem anderen. Jetzt haben wir erst einmal einen Termin bei Ralf Keuper, dem Besitzer", entgegnete Mila und sah sich um. Den Ställen gegenüber stand ein dunkelrotes Wohnhaus. Auf dem Schild rechts neben der Tür stand *Büro*. „Hier lang würde ich sagen."

Die Haustür war offen, also gingen sie ohne zu klingeln hinein.

Sie traten in einen großen hellen Raum, in dessen Mitte ein wuchtiger Schreibtisch aus dunklem Holz stand.

Hinter dem Schreibtisch saß ein Mann um die fünfzig mit weißen Haaren. Als er Mila und Charly bemerkte, stand er auf und winkte sie zu sich.

„Die beiden Nachwuchsreiterinnen des Pferdeinternats? Herzlich willkommen. Aber tretet doch ein bisschen näher, damit ich euch sehen kann. Ich kann meine Brille nicht finden. Möchte bloß mal wissen, wo ich die schon wieder hingelegt habe. Zum Glück sind Pferde große Tiere, die kann man nicht so leicht übersehen. Stellt euch vor, ich wäre Flohzirkusdirektor – eine Katastrophe!"

Charly ging zielstrebig auf ein Regal in der Ecke zu und hielt eine knallrote Brille nach oben: „Ist es die da?"

„Wenn ich dir das auf diese Entfernung sagen könnte, bräuchte ich sie nicht", lachte Herr Keuper.

„Ja, t'schuldigung", meinte Charly und kam näher.

„Herzlichen Dank. Das ist sie." Herr Keuper setzte die Brille auf. „Setzt euch doch. Nun kann ich euch besser sehen – und hören. Merkwürdig, nicht wahr? Diese beiden Sinne scheinen irgendwie zusammenzuhängen." Er sah auf den Bildschirm seines Computers. „Ihr seid also Mila und Charly. Und du, Mila, hast mir eine E-Mail geschrieben. Wisst ihr eigentlich, dass ich auch Schüler von *Inselglück* war? Und ratet mal, wer das erste Marumer Springen gewonnen hat?" Er deutete auf einen kleinen Pokal im Regal.

„Sie?", antwortete Mila.

„Genau!" Herr Keuper lehnte sich zurück. „Und Marie Steinbach ist Zweite geworden. Sie war ein tolles Mädel. Was wohl aus ihr geworden ist? Ach, das waren Zeiten damals. Ich denke gerne daran zurück. Gibt es die schwarze Reiterin ohne Pferd noch?"

„Wir können ihnen beides beantworten", erwiderte Mila und zwinkerte Charly zu. „Frau Steinbach ist nun die Direktorin des Pferdeinternats. Und die schwarze Reiterin? Die ist uns schon leibhaftig begegnet. Ihr Fuß ist mittlerweile wieder in Ordnung."

„Wie bitte? Ihr Fuß?"

„Schon gut." Mila grinste. „Ich meinte, sie spukt natürlich fleißig herum. Dann müssen wir Ihnen zum Turnier gar nichts mehr erklären, oder? Sie kennen sich ja besser aus als wir."

Herr Keuper strahlte. „Die kleine Marie Steinbach ist Direktorin ... Meine Güte, da kommen Erinnerungen hoch. Ich kann euch gar nicht sagen, was ihr mir mit dieser Anfrage für eine Freude bereitet habt. Natürlich werde ich das Marumer Springen unterstützen. Ich habe dem Internat viel zu verdanken und auf diese Weise kann ich etwas zurückgeben."

Mila und Charly sahen sich verdattert an.

„Danke", sagte Mila. „Wir hatten gedacht, wir müssen ordentlich die Werbetrommel rühren und jetzt geht das so einfach."

„Wenn ihr noch ein wenig Zeit habt, würde ich euch einen Stallrundgang vorschlagen. Ich habe ein paar ganz vielversprechende Fohlen gezogen. Habt ihr Interesse?"

Mila und Charly nickten begeistert. „Vorher wären Sie uns sowieso nicht losgeworden", meinte Mila. „Das ist Ihnen doch hoffentlich klar."

Herr Keuper führte sie persönlich durch das Gestüt. Die Ställe waren von innen genauso modern, sauber und geräumig wie von außen. Die Pferde machten alle einen sehr zufriedenen Eindruck. Und die Fohlen waren wirklich allerliebst. Vor allem Charly konnte sich von einem kleinen Fuchs, der erst ein paar Wochen alt war, überhaupt nicht mehr losreißen.

„Du erinnerst dich aber schon, dass wir den zweiten Teil unseres Besuchsplans noch nicht erfüllt haben, oder? Ich sage nur: Fairy“, wisperte Mila und stupste Charly in die Seite, als Herr Keuper kurz mit einem der Stallburschen sprach.

„Klar. Weiß ich doch. Aber der Kleine ist einfach zu niedlich!“

Mila rollte mit den Augen. Es gab eindeutig Menschen, die noch pferdeverliebter waren als sie. Und Charly war definitiv einer von ihnen.

Mila schlenderte an den Boxen vorbei. Dutchess von Lilienthal, Pik Ass, Chocolate Chip ... Fairy. Fairy? Hier musste sie stehen. Doch die Box war leer. Mila hatte plötzlich ein ganz flaues Gefühl im Magen. Wo war die Stute? Ruhig, nur ruhig, befahl sie sich innerlich. Es gibt tausend gute Gründe, warum ein Pferd gerade nicht in der Box steht: Vielleicht wird sie trainiert, vielleicht ist sie draußen auf der Weide, vielleicht beim Hufschmied. Doch Milas Beruhigungsversuche nützten nichts. Im Gegenteil. Sie spürte nur noch deutlicher, dass hier etwas ganz und gar nicht stimmte. In Fairys Futterraufe war das Heu unangetastet. Auch dafür gab es sicher eine Menge plausibler Erklärungen. Oder nicht? Mila musste es wissen. Jetzt.

„Herr Keuper? Wo ist Fairy?“, fragte sie geradeheraus.

Herr Keuper senkte traurig den Blick. „Ich habe

mich gerade mit dem Pfleger darüber unterhalten. Fairy ist beim Arzt. Schon das dritte Mal diese Woche. Sie müsste jede Minute wieder zurück sein."

„Was hat sie denn?", erkundigte sich Mila besorgt.

„Das ist es ja. Keiner kann sich das so richtig erklären. Sie ist gesund, körperlich zumindest. Doch sie will nichts fressen und ist völlig apathisch. Es ist ein Trauerspiel. Dieses Pferd war vor einem halben Jahr das blühende Leben. Wir haben so große Hoffnungen auf sie gesetzt ..."

„Fairy vermisst Nele genauso wie Nele Fairy. Das ist die gleiche Krankheit!", flüsterte Charly, die mittlerweile zu ihnen getreten war, Mila zu.

Mila nickte. Sie nahm ihren ganzen Mut zusammen und sagte: „Herr Keuper, wir müssen Ihnen ein Geständnis machen. Wir sind nicht nur hier, weil wir Sie als Sponsor gewinnen wollten. Wir sind auch wegen Fairy gekommen."

„Wegen Fairy?", fragte Herr Keuper ungläubig. „Das verstehe ich nicht."

„Wir haben eine Mitschülerin, Nele Wuttke. Sagt Ihnen der Name etwas?"

„Klar. Zumindest der Nachname. Ich habe Fairy von den Wuttkes gekauft, als ihr Gestüt Insolvenz anmelden musste. Das war eine ganz fürchterliche Geschichte. Herr Wuttke hat all sein Geld verloren. Obwohl ich nun einen Konkurrenten weniger habe, hat es mir leidgetan für ihn und seine Familie", antwortete Herr Keuper.

„Fairy war Neles Pferd", erklärte Mila. „Sie wollte

mit ihr nach Marum auf das Pferdeinternat, aber dann ist die Katastrophe mit dem Gestüt passiert und ihre Eltern konnten Fairy nicht behalten. Nele hat aber so großes Talent, dass ihr das Internat ein Stipendium angeboten hat. Ihre Eltern müssen also für die Unterkunft und die Ausbildung nichts bezahlen. Und sie darf auf einem der Schulpferde reiten."

Herr Keuper hatte plötzlich einen ganz traurigen Gesichtsausdruck. „Ach, du meine Güte. Warum hat Herr Wuttke mir denn das nicht gesagt? Wenn ich das gewusst hätte, hätte ich doch niemals …"

Mila sah, dass Herr Keuper sich mit dem Handrücken über die Augen wischte. Weinte er etwa?

„Das erklärt so einiges", fuhr er fort. „Kein Wunder, dass Fairy keinen Hunger hat und lustlos ist. Sie trauert." Er blickte in die Ferne und sagte dann leise: „Ich kenne das gut. Als ich fünfzehn war, wurde Wilbur, das Pferd, auf dem ich trainiert hatte, verkauft. Es hat mich so mitgenommen, dass ich ein ganzes Jahr nicht reiten konnte und den Anschluss komplett verpasst habe. Das war das Ende meiner Springreiterkarriere. Und ich durfte auch nicht mehr das Internat besuchen. Soll ich euch was sagen? Wenn ich an Wilbur denke, bin ich nach all den Jahren immer noch genauso traurig, als wäre er erst gestern in den Anhänger geladen worden."

„Dann können Sie also gut nachfühlen, wie es Nele und Fairy geht?", fragte Charly.

„Nicht nur das. Ich mache mir riesige Vorwürfe, dass ich Fairys Verhalten nicht schon früher richtig gedeutet habe. Ich bin so froh, dass ihr zu mir gekommen seid. Und ich danke euch für euer Vertrauen.“ Mit einem Mal begann er zu grinsen. „Ich glaube, ich habe eine gute Idee. Aber für die erfolgreiche Ausführung brauche ich euch als Partner. Seid ihr dabei?“

Mila und Charly sahen einander an.

„Auf uns können Sie zählen. Aber zuerst würden wir gerne Fairy einen Besuch abstatten.“

Glücks-Pferdeäpfel

„Ihr wart aber ganz schön lange da drinnen“, meinte Aurelie, als sie wieder in den kleinen Mini stiegen. „Ich habe die *Pferdeapfel News* gleich zweimal von hinten bis vorne durchgelesen.“

Mila kicherte, als sie Charlys erstaunten Gesichtsausdruck sah. Was Charly nun wohl dachte? Sie konnte schließlich nicht wissen, wie Aurelie die Pferdefachblätter ein wenig abschätzig nannte.

„Wart ihr wenigstens erfolgreich?“, wollte Aurelie wissen und stopfte das Magazin achtlos unter den Beifahrersitz, auf dem diesmal Charly Platz genommen hatte.

„Es lief supergut“, erzählte Mila. „Herr Keuper ist grandios und er will eine hohe Summe für das Marumer Springen zur Verfügung stellen. Und nicht nur das …“ Mila verstummte.

„Ihr macht mich echt fertig“, sagte Aurelie. „Was habt ihr denn jetzt schon wieder für Geheimnisse?“ Dann überlegte sie kurz und sagte: „Vielleicht ist es besser, wenn ich nicht alles weiß. Sonst mache ich mir nur zu viele Gedanken.“

„Stimmt genau“, meinten Charly und Mila gleichzeitig. Alle lachten.

„Dann seh ich mal zu, dass ich euch noch rechtzeitig zur 12-Uhr-Fähre bringe“, meinte Aurelie und startete.

„Die 13-Uhr-Fähre reicht locker, wenn ihr mich fragt“, entgegnete Charly hastig.

„Leider fragt dich keiner“, kicherte Mila.

„Ihr macht *mich* fertig“, stöhnte Charly und schloss die Augen.

„Scheiße, schau mal, wer da ist!“ Mila deutete auf die kleine Gestalt, die mit verschränkten Armen am Eingangstor des Pferdeinternats stand.

„Oh, verdammt, das ist ja Frau Steinbach!“, sagte Charly. „Ich will ja nicht nachtreten, aber ich war dafür, sie um Erlaubnis zu bitten. Die ist bestimmt total sauer auf uns.“

„Mila Hofer und Charlotte von Löwenstein-Gabelsberg! Wo wart ihr bitte schön?“, rief sie Mila und Charly ungehalten entgegen. Mila konnte nun auch ihr Gesicht sehen. Frau Steinbach sah richtig wütend aus. Wütend und besorgt.

Mila beschlich nun doch das schlechte Gewissen. Hatte sie Frau Steinbach unterschätzt? Wäre sie cool genug gewesen, ihnen den Ausflug zum Gestüt *Drei Lilien* zu erlauben? Aber jetzt war es ohnehin zu spät dafür …

„Es tut mir leid“, meinte Mila, als sie bei der Direktorin ankamen. „Es war meine Idee, Charly trägt keine Schuld. Aber ich versichere Ihnen, dass wir nichts Böses getan haben. Im Gegenteil. Bitte vertrauen Sie uns …“

„Vertrauen?“, fuhr Frau Steinbach dazwischen. „Ich soll euch vertrauen, obwohl ihr mein Vertrauen so böse missbraucht habt? Ist das nicht ein bisschen viel verlangt?“

Mila musste der Direktorin innerlich recht geben. Die Sache mit dem Vertrauen hatte sie ganz schön verbockt. Trotzdem wagte sie noch einen Versuch. „Ich verspreche, ich werde mich in Zukunft an jede der goldenen Regeln halten. Aber diese Sache war zu wichtig. Wir konnten nicht riskieren, dass Sie sie uns verbieten. Und wenn wir Ihnen erzählen, welche zwei wunderbaren Neuigkeiten wir mitbringen, sind Sie bestimmt nicht mehr böse …“ Mila sah Frau Steinbach bittend an.

„Gut, ich höre mir die Sache an. Und wehe, eure Neuigkeiten sind nicht weltbewegend!“, antwortete Frau Steinbach.

Mila wusste, dass es nun unangenehm werden konnte, nahm aber beruhigt zur Kenntnis, dass der Tonfall der Direktorin dabei schon viel weniger streng geklungen hatte.

Eine halbe Stunde später standen Charly und Mila auf der Koppel und schaufelten Pferdeäpfel in die größte Schubkarre, die sie hatten finden können. Das war die Strafe gewesen, die Frau Steinbach verhängt hatte, nachdem sie ihr alles erzählt hatten.

„Das ist zwar eine echte Drecksarbeit", schnaufte Charly, „aber es hätte echt schlimmer kommen können."

„Ja, da sind wir noch mal ganz gut davongekommen. Ich bin richtig froh. Pferdeäpfel aufsammeln soll ja sogar Glück bringen."

„Nie davon gehört", meinte Charly, schippte ein besonders großes Exemplar auf die Schaufel und wuchtete es in die Karre. „Aber wenn es stimmt, wird uns nach dem heutigen Tag das Glück bestimmt nie wieder ausgehen." Sie grinste. „Hast du gesehen, wie rot Frau Steinbach wurde, als wir ihr von Ralf Keuper erzählt haben? Sieht so aus, als fand sie ihn damals mindestens ebenso toll, wie er sie."

„Ja, total süß", antwortete Mila. „Sie war ganz aufgeregt. Ich glaube, sie hat gar nicht gewusst, wie schlecht es ihm damals ging und dass er deswegen von der Reiterei nichts mehr wissen wollte. Sie hat sich bestimmt Gedanken gemacht, warum er plötzlich das Internat verlassen musste."

„Ich krieg allerdings das Bild von Fairy nicht mehr aus dem Kopf", sagte Charly leise und lehnte sich gegen die Schaufel. „Sie war richtig mager und sah – wie soll ich das ausdrücken? – so zerbrechlich aus. So, als könnte man durch sie hindurchsehen und sie mit einem Puster umblasen."

„Stimmt. Aber am schlimmsten fand ich ihre Augen. Die waren leer – und traurig. Sie hat mich gar nicht richtig wahrgenommen, sondern durch mich hindurchgesehen. Gruselig", erinnerte Mila sich.

Charly knallte noch eine Schaufel Pferdemist auf die sowieso schon übervolle Schubkarre. „So, das war der letzte. Zum Glück hat dieses Leid hier bald ein Ende!“

„Dieses Leid und hoffentlich auch ein anderes“, meinte Mila und rieb sich die schmerzenden Hände.

Turniervorbereitungen

Mit einem Stöhnen schwang Mila sich genervt von Adessos Rücken und führte ihn vom Reitplatz in den Stall hinein.

„Warum guckst du denn so grimmig?“, fragte Herr Gründgen, als er Mila die Stallgasse freimachte. „Ist dir Adesso auf den Fuß getrampelt?“

Mila schüttelte den Kopf. „Nee, aber ich krieg ihn einfach nicht über diese Mauer. Luke und ich haben echt schon alles versucht, aber er scheut jedes Mal. Tamara sieht mittlerweile schwarz für das Marumer Springen.“

„Und das macht dir etwas aus?“, fragte Herr Gründgen mit hochgezogener Augenbraue. „Ich dachte, Springen ist gar nicht so dein Ding.“

„Ertappt.“ Mila lächelte schief. „Ich finde es mittlerweile echt toll. Es wäre richtig frustig für mich, wenn ich das Turnier nicht reiten könnte. Noch dazu, weil es eben kein richtiges Qualifikationsturnier ist, sondern der Spaß im Vordergrund steht. Ich weiß natürlich, dass bedeutende Leute zusehen, aber das ist für mich jetzt erst mal gar nicht so *wichtig*. Schließlich bin ich noch lange nicht so gut wie Nele oder Mark …“

„Ich muss gestehen, ich hab dich beobachtet“, sagte Herr Gründgen. „Klar, dir fehlt noch der Schliff an der einen oder anderen Stelle. Aber das Wichtigste ist da und das andere, so leid mir das für den ein oder anderen hoffnungsvollen Reitschüler hier tut, kann man nicht lernen. Adesso und du, ihr vertraut euch blind und deutet jede Bewegung des anderen richtig. So habe ich das nur ein einziges Mal bisher gesehen …“ Herr Gründgen blickte in die Ferne. „Aber das gehört jetzt nicht hierher, ist sowieso eine traurige Geschichte. Ich erzähle sie dir ein anderes Mal.“

„Aber wenn das stimmt, was Sie sagen“, überlegte Mila. „Warum verstehe ich dann nicht, warum Adesso sich standhaft weigert, über die Mauer zu springen?“

In diesem Augenblick kam Luke mit einem Eimer in der Hand aus der Futterkammer. Er stellte ihn ab, ging zu Adesso und strich ihm sanft über die Kruppe. „Gut, dass ich dich hier treffe, Steffen“, sagte er zu Herrn Gründgen. „Ich habe gerade mitbekommen, dass ihr über Adessos Problem sprecht. Genau in dieser Sache wollte ich dich um Rat bitten. Ich habe nämlich keine Idee mehr.“

Steffen Gründgen sah erst Luke und dann Adesso an. „Ich kann nichts versprechen, aber ich sehe mir die Sache mal an“, meinte er und warf einen Blick auf seine Armbanduhr. „Die anderen sind gerade mit dem Training fertig. Was haltet ihr davon, wenn wir gleich noch einmal auf den Platz gehen?“

Mila zuckte mit den Schultern. „Und Sie glauben, das bringt etwas nach der Pleite vorhin?"

Herr Gründgen nahm Milas Kopf zwischen die Hände. „Du darfst Adesso keinen Vorwurf machen. Er will dich mit seinem Verhalten nicht ärgern", erklärte er sanft. „Er wird seine Gründe haben. Unsere Aufgabe ist es nun, diese Gründe herausfinden und ihm die Angst zu nehmen."

Mila fühlte sich ertappt. Sie wusste genau, was Herr Gründgen meinte. Je öfter Adesso vor der Mauer haltgemacht hatte, desto mehr hatte sie sich über ihn geärgert. Und dieser Groll blieb wie ein leises Meeresrauschen bei jedem Sprung in ihrem Kopf und störte die gute Verbindung, die Adesso und sie immer gehabt hatten. Sie ging zu Adesso und legte ihm die Arme um den Hals. „Es tut mir leid", flüsterte sie. „Ich war total egoistisch."

Adesso schnaubte sanft und blinzelte Mila unsicher an.

„Wollen wir es noch einmal versuchen, mein Großer? Vielleicht findet Herr Gründgen ja raus, was mit dir los ist."

Mila führte Adesso aus dem Stall. Auf dem Hof war die Hölle los. Die Schüler der oberen Klassen hatten heute einen gemeinsamen Geländeausritt auf dem Stundenplan.

Sie bahnten sich einen Weg durch die vielen Pferde und Reiter und Luke und Herr Gründgen mussten noch die eine oder andere Frage beantworten. Schließlich standen sie auf dem leeren Reitplatz. Mila ließ ihren Blick über den Parcours schweifen und versuchte, nicht schon innerlich vor der Mauer haltzumachen. Wenn *sie* in Gedanken über dieses Hindernis flog, würde Adesso es spüren und seine Angst überwinden? Gut möglich. Wunder durfte man nie ausschließen.

Ohne die kritischen Augen von Tamara und den anderen fühlte sie sich auch tatsächlich befreiter. Dass Luke und Herr Gründgen zusahen, machte ihr nichts aus. Schließlich wollten die beiden ihr helfen.

Sie ritt ein paar Zirkel und sah, wie Herr Gründgen vor Begeisterung strahlte.

„Ihr seid ein so schönes Paar“, rief er Mila zu. „Und jetzt rein in den Parcours!“

Diesmal schaffen wir es, dachte Mila. Das wäre doch gelacht. Sie ritt an und sofort hatte sie das wunderbare Gefühl, mit Adesso zu verschmelzen. Es war wie ein Tanz, bei dem sie nur dem Takt von Adessos Hufen folgen musste. Adesso sprang mühelos über die ersten Hindernisse und auch als die Mauer vor ihnen lag, bemerkte Mila kein Zögern in ihm. Er galoppierte ruhig auf das Hindernis zu und Milas wollte gerade in den leichten Sitz gehen, als Adesso seine Meinung änderte und – an der Mauer vorbeigaloppierte! Mila krallte sich an seiner Mähne fest, um nicht herunterzufallen.

Es war wieder passiert! Wie ein Schwall kaltes Wasser rauschte die Enttäuschung auf sie nieder. Diesmal hatte sie wirklich geglaubt, dass sie es schaffen konnten. Mit hängenden Schultern trabte sie an den Rand der Bahn. „Das hat doch alles keinen Sinn“, murmelte sie verzweifelt. „Wieso soll ich mich und Adesso immer wieder blamieren?"

„Ich würde mir wünschen, dass du weitermachst", meinte Herr Gründgen, der sie gehört hatte. „Ich sage dir ganz offen, dass ich auch noch nicht weiß, warum Adesso die Mauer nicht nimmt. Aber ich verspreche dir, dass Luke und ich es herausfinden werden."

„Ich weiß nicht." Plötzlich fiel Mila das besorgte Gesicht ihres Vaters ein, als sie ihm erzählt hatte, dass sie und Adesso am Turnier teilnehmen wollten. Er war überhaupt nicht begeistert gewesen und hatte ihr gesagt, dass sie lieber die Finger davon lassen solle. Und dabei hatte sie ihm noch gar nichts von der Mauer erzählt ... „Die Sache wird mir langsam echt zu blöd."

„Mach, was dein Herz dir sagt", meinte Herr Gründgen. „Aber komm zurück zum Springen, wenn du Sehnsucht danach hast, versprochen?"

„Mal sehen", antwortete Mila. Sie nahm Adessos Zügel und schnalzte mit der Zunge. „Na komm, mein Süßer. Jetzt bekommst du endlich was zum Futtern."

„Echt schnuckiputzicool, wenn alle zusammenarbeiten", sagte Isa und schnippelte an ihrer Pferdegirlande weiter. „Ich finde es sehr anregend. So eine", sie hielt die quietschpinkfarbene Girlande in die Höhe, „mache ich mir für mein Zimmer. Aber dann mit Regenbogenglitzer."

„Jeder, wie es ihm gefällt", erwiderte Franzi. „Wenn wenigstens Rappen darauf wären ..."

„Also ich fühle mich wie eine kleine geschäftige

Ameise in einem großen Ameisenhaufen", meinte Mila. „Ich hätte im Leben nicht gedacht, dass es so viel Arbeit ist, ein winziges Turnier zu organisieren."

„Sind doch nur alle so fleißig, weil man damit die Reitlehrenote aufbessern kann", sagte Charly nüchtern und deutete auf ihr Handy. „Was haltet ihr davon? *Wer ein Pferd hat, hat den Schlüssel zur Welt.* Ist ein afrikanisches Sprichwort. Wollen wir das ins Programmheft mit aufnehmen?"

„Ah, das ist schön", antwortete Mila. „Gute Idee."

Mila schluckte. Seit zwei Wochen hatte das gesamte Pferdeinternat kein anderes Thema mehr als das Marumer Springen. Das Organisatorische war natürlich bereits unter Dach und Fach. Ralf Keuper war äußerst großzügig gewesen und hatte zudem auch noch ein Catering-Team bestellt, das mit Imbissbuden verschiedener Art für das leibliche Wohl der Turniergäste sorgen sollte. Darüber hatte sich besonders Frau Käthe gefreut, die noch nie beim Turnier zusehen hatte können, sondern immer in der Küche gewesen war. Das würde in diesem Jahr anders sein.

Um die Teilnehmer und die Richter hatte sich Frau Steinbach gekümmert. Mila hatte sich doch nicht zum Turnier angemeldet. Die letzten zwei Wochen hatte sie kein einziges Mal am Springtraining teilgenommen, sondern mit Adesso ausgedehnte Ausritte am Strand unternommen. Ab und zu waren Tini und Renate mitgekommen. Es war schön gewesen, die Nachmittage einfach so zu verplempern und mit Tini und den Pferden im Wasser rumzutollen, während die anderen sich auf dem Reitplatz abmühten. Und Zeit zu haben, die vielen Englischvokabeln nachzuholen, die immer noch auf sie warteten. Nachdem sich die Aufregung um das Turnier gelegt haben würde, wollte sie Jan fragen, ob er ihr Nachhilfe gab, das hatte sie sich fest vorgenommen.

Mit Nele hatte sie nicht viel gesprochen. Doch seit Mila nicht mehr trainierte, war Nele nur noch selten giftig zu ihr und Milas Jähzorn war verflogen. Sie fand es zwar immer noch nicht in Ordnung, dass Nele ihren ganzen Frust an ihr ausgelassen und sie beschuldigt hatte, Pferdinands Box offen gelassen zu haben, aber nun, da ihr klar war, was Nele Schreckliches durchgemacht hatte, konnte sie leichter darüber hinwegsehen.

Außerdem wusste Mila etwas Wichtiges, was Nele nicht wusste …

In letzter Sekunde

„Na, genießt ihr die Ruhe vor dem Sturm?“ Michel guckte über die Holztür von Adessos und Renates Box. Mila und Tini sahen auf. Mila nickte.

„Wie kommst du denn darauf? Nö. Ich freu mich total auf nachher!“, sagte Tini und legte eine Satteldecke auf Renates Rücken, die über und über mit Lilien bemalt war. Überhaupt sah Renate aus wie ein wandelndes Blumenbeet. In Mähne und Schweif hatte Tini Stofflilien geflochten. Sogar einen Kopfputz, aus dem anstatt Federn Lilien ragten, hatte Tini gebastelt. Dass Renate fast nichts mehr sehen konnte, schien weder sie noch Tini besonders zu stören.

„Wie findet ihr Renate?“, fragte Tini. „Ist sie nicht eine prima Werbung für das Gestüt *Drei Lilien*?“

Michel lachte. „Sie sieht einfach umwerfend aus. Herr Keuper wird sehr zufrieden sein. Schon allein Renates Exterieur passt perfekt zu einem Gestüt, das sich auf edle Springpferde spezialisiert hat.“

„Du machst dich über Renate lustig!“ Tini warf Michel einen beleidigten Blick zu. „Keine Ahnung, was ein Eggsterriöööр ist. Aber wenn es was Gutes ist, dann hat Renate mehr davon als alle anderen Pferde." Sie schnappte sich den Strick, der an Renates Stallhalfter befestigt war, und führte das Pony aus der Box. „So. Die duftende Lilie auf vier Hufen und ich gehen. Ihr seid ein ganz schlechter Einfluss auf unsere gute Laune."

„Sei nicht sauer", sagte Michel und richtete eine Lilie, die Renate aus dem Schweif rutschte. „Exterieur ist nichts Schlechtes. Sondern einfach nur das Äußere, der Körperbau eines Pferdes."

„Da hast du aber mal verdammt großes Glück gehabt. Sonst hätte ich dich aber mal so was von in Eis verwandelt", meinte Tini und zog mit Renate im Schlepptau ab.

Michel sah Tini fragend nach. „In Eis verwandelt? Im Frühling?"

Mila kicherte. „Du riskierst besser nichts. Wir sind gerade einer teuflischen Mischung aus Eiskönigin und eigensinniger Blumenelfe auf vier Hufen entgangen."

„Ich hätte dich und Adesso vor allem beschützt", sagte Michel. Seine Stimme klang ironisch, aber seine Augen waren ernst. Er ließ seinen Blick auf Mila ruhen. Ein bisschen zu lang, fand Mila, und drehte sich weg.

„Falls ich mal wieder von einem sechsjährigen Mädchen in Elsa-Kostüm und einem Mini-Pony bedroht werden sollte, sag ich dir sofort Bescheid", antwortete sie und war froh, die Situation so umgehen zu können. Obwohl. Es war ihr eigentlich nicht unangenehm gewesen, dass Michel sie angesehen hatte. Michel war nur ein Jahr älter als sie und doch hatte sie tatsächlich das Gefühl, dass er sie beschützen könnte. Wenn Michel im Stall war, hatte sie immer so ein „Alles-ist-in-bester-Ordnung"-Gefühl. Es tat einfach rundum gut, mit ihm zusammen zu sein.

„Bist du traurig, dass du heute nicht reiten kannst?", fragte Michel und unterbrach Milas Gedanken.

Mila strich über Adessos weiches Maul. „Adesso ist noch nicht so weit. Das hast du doch mitbekommen."

„Habe ich", sagte Michel. „Aber bist *du* traurig deswegen?"

„Es ist schon nicht ganz leicht, zu sehen, wie sich alle vorbereiten und auf das Turnier hinfiebern", gab Mila zu. „Ja, ein bisschen traurig bin ich schon. Es ist so merkwürdig, dass die beiden Menschen, die am meisten von Pferden verstehen, nämlich dein Papa und Luke, nicht herausgefunden haben, warum Adesso die Mauer verweigert."

„Stimmt. Das hat mich auch gewundert", meinte Michel. „Und du wirst wahrscheinlich nicht auf die Idee kommen zu fragen, aber ja, ich bin auch ein wenig traurig, dass ich nicht beim Turnier mitmachen darf."

„Du?", wunderte sich Mila. Sie wusste zwar, dass Michel reiten konnte und viel von Pferden verstand, aber dass er selber gerne springen würde, das hatte sie nicht gewusst. „Ich dachte …"

„Du dachtest, dass der Sohn des Stallmeisters eben der Sohn des Stallmeisters ist und nicht springreiten möchte? Nee, leider ist das nicht so", erwiderte Michel.

„Wir können uns nur kein eigenes Pferd leisten und letztes Schuljahr wurde kein Stipendium vergeben. Mein Pech, würde ich mal sagen."

Mila schämte sich, dass ihr gar nicht in den Sinn gekommen war, nachzufragen, warum Michel nicht an den Trainingsstunden teilnahm. Sie musste wohl sehr erschrocken geschaut haben, denn Michel versicherte ihr: „Kein Grund für Gewissensbisse. Ich glaube, keiner hier hat mich je gefragt, ob ich gerne mitmachen möchte. Also, kein Problem."

„Na ja, ich finde das ganz schön schade", meinte Mila. „Aber eine Lösung hab ich jetzt auch nicht auf die Schnelle."

„Ach, nicht?" Michel stemmte mit gespielter Empörung die Hände in die Hüften. „Schade, da hab ich wirklich mehr von dir erwartet." Er lachte so laut, dass Mila mitlachen musste. Und SCHWUPPS, da war es wieder! Dieses wohlige Gefühl. So, als würde sie Michel schon ewig kennen und sich hundertprozentig auf ihn verlassen können.

Mila streckte die Hand wie eine feine Dame nach vorne und säuselte: „Mein Herr, darf ich Sie bitten, heute meine Turnier-Begleitung zu sein?"

Michel machte einen Diener. „Sehr gerne, gnädige Frau! Aber darf ich Sie vorher zu einem kleinen Spaziergang auf dem Gelände entführen?"

Obwohl es noch ziemlich früh war, parkten schon einige Pferdeanhänger auf dem Hof. Herr Gründgen begrüßte die eintreffenden Gäste, händigte ihnen das

Programm des Turniertages aus und verteilte die Startnummern. Mila und Michel winkten ihm zu und schlenderten in Richtung Reitplatz.

Dort waren einige Arbeiter beschäftigt, die Zuschauertribüne fertig aufzubauen. An den Banden waren Banner mit Werbung für das Gestüt *Drei Lilien* angebracht. Die Fahne von *Inselglück* flatterte im Wind und über der Bank der Juroren stand: Herzlich willkommen beim Marumer Springen.

„Das mit den Imbisswagen war eine total gute Idee von Keuper", sagte Michel und deutete auf einen der Stände, auf dem eine dicke rote Plastikbratwurst prangte. „Schade, dass man noch nichts kaufen kann."

„Du frühstückst gerne Bratwürste? Heute lerne ich dich besser kennen als in all den Wochen zuvor." Mila kramte in der Tasche ihrer Jacke und zog eine verschrumpelte Möhre heraus. „Das ist leider alles, was ich dir anbieten kann. Die hat Adesso vorhin verschmäht. Zumindest die Form ist ähnlich."

„Besser als nichts", erwiderte Michel und biss hinein. Eine Weile gingen sie schweigend nebeneinander her.

„Spürst du das Brummen und Surren? Das hört man nur an Turniertagen", sagte Michel. „Die gesammelte Aufregung der Reiter und der Pferde! So erkläre ich mir das wenigstens."

Mila lauschte und schüttelte den Kopf. „Ich höre nur das Brummen der Autos, das Klackern der Hufe und das Geschnatter der Menschen."

„Mila!" Charly, Franzi und Isa kamen auf sie zugerannt. Charly wedelte mit einem Zettel in der Luft herum. „Wir haben dich überall gesucht“, japste Charly atemlos.

„Du glaubst ja nicht, was wir gerade entdeckt haben“, begann Isa und zog ihren Pferdeschwanz, der sich beim Rennen gelöst hatte, wieder fest. Dabei fiel ein rosa Federpuschel auf den Boden. „Oh nein, mein neuer Haargummi ist futsch.“

Mila hob den Puschel auf und gab ihn Isa. „Glaub mir, es sieht ohne das Ding noch viel besser aus“, versuchte sie sie zu trösten.

„Warum hast du uns denn nichts gesagt?“ Charly wedelte wieder mit dem Zettel herum, diesmal vor Milas Nase. „Das ist doch total cool. Oder wolltest du uns überraschen?“

„Ich hab überhaupt keine Ahnung, wovon du redest“, meinte Mila.

„Na, du bist dabei!“, rief Isa.

„Wobei?“

„Du weißt also wirklich nicht Bescheid?“ Franzi sah Mila verwirrt an. „Du startest heute mit der Nummer 14. Beim Turnier!“

Mila riss Charly den Zettel aus der Hand, auf dem die Startnummern und Startzeiten der Turnierteilnehmer aufgelistet waren. Tatsächlich. Da stand:

Startnummer 14
13:50 Uhr
Mila Hofer auf Adesso

Mila erschrak. Wie war das möglich? Die Turnierleitung musste einen Fehler gemacht haben.

„Das ist ein Missverständnis“, sagte Mila. „Ich gehe mal zu Herrn Gründgen und kläre das.“

„Ich komme mit“, erwiderte Charly. Zusammen gingen sie auf das Tor zu und hielten nach dem Stallmeister Ausschau. Doch ihn in der Menge zu finden, war gar nicht so leicht. Mittlerweile war der ganze Hof zugeparkt und es wimmelte von Menschen und Pferden.

„Warum versuchst du es nicht einfach?“, meinte Charly. „Jetzt, wo du eh schon auf der Liste stehst.“

„Wie stellst du dir das denn vor? Und die Mauer stellen wir vorher weg, oder was? Nein danke, ich habe keine Lust ausgelacht zu werden.“

„Niemand würde lachen. Und das weißt du auch“, sagte Charly. Dann deutete sie in Richtung der Stallungen. „Wir müssen da rüber. Dort steht Herr Gründgen.“

Der Stallmeister unterhielt sich gerade mit Jakob.

„Darf ich kurz stören?“, fragte Mila. „Ihnen ist da ein Fehler unterlaufen.“ Sie deutete auf die Startaufstellung. „Ich hatte mich für das Turnier gar nicht angemeldet und trotzdem stehe ich hier drauf.“

„Gut, dass du kommst.“ Herr Gründgen überreichte Mila lächelnd ihre Startnummer und zwei Sicherheitsnadeln. „Das hat schon alles seine Richtigkeit. Du und Adesso – ihr seid heute dabei!“

Mila merkte, wie Wut sich in ihrem Bauch breitmachte und sie unwillkürlich die Augen zusammenkniff. Das war nicht fair. Sie hatte sich gegen dieses Turnier entschieden – aus guten Gründen! Und nun hatte Herr Gründgen sie einfach überrumpelt. Sie knüllte die Startnummer zu einer kleinen Kugel und warf sie auf den Boden. „Sie können mich nicht zwingen", schrie sie. „Ich habe gesagt, ich will nicht springen, und damit basta!" Sie stampfte mit dem Fuß auf und funkelte Herrn Gründgen an.

„Wenn ich gewusst hätte, dass dich das so zornig macht, hätte ich schon gestern mit dir geredet", meinte Herr Gründgen ruhig. „Es tut mir leid, Mila, ehrlich. Du musst nicht reiten, wenn du nicht willst, aber lass mich dir vorher etwas sagen."

Charly hob die zerknüllte Papierkugel auf und strich sie wieder glatt.

„Ich habe mit dieser unüberlegten Aktion dein Vertrauen missbraucht, aber genau um dieses bitte ich dich jetzt." Er hielt kurz inne.

Komisch, diesen Satz hatte sie vor ein paar Wochen auch zu Frau Steinbach gesagt, dachte Mila erstaunt.

„Versuch es einfach. Mach Adesso fertig und gehe mit Leichtigkeit in das Turnier. Vertrau mir. Du und Adesso, ihr müsst springen. Es ist eure Bestimmung." Herr Gründgen sah Mila so eindringlich dabei an, dass sie eine Gänsehaut bekam.

„Selbst wenn ich es wollte. Es geht nicht. Adesso ist nicht zurechtgemacht und ich habe keine Turnierkleidung", entgegnete sie leise.

Herr Gründgen lachte. „Wenn es nur das ist! Michel wird dir mit Adesso helfen und ich bin mir sicher,

Charly hat noch ein Ersatz-Outfit im Schrank hängen, oder?“ Er zwinkerte Charly zu.

Charly war sofort Feuer und Flamme. „Klar, das ist überhaupt kein Problem. Ich habe … äh … mehrere Turnieroutfits.“

Mila überlegte. „Gut“, sagte sie schließlich. „Das lief jetzt etwas anders als geplant, aber ich werde es versuchen. Zuerst kümmern wir uns allerdings um Adesso.“

Zwei Stunden später fühlte Mila sich so, als ob sie nie etwas anderes vorgehabt hatte, als heute ein Turnier zu reiten. Allerdings war sie auch genauso aufgeregt.

„Und was muss ich jetzt machen?“, fragte sie Charly alle fünf Minuten. „Sollen wir noch einmal den Parcours ablaufen?“

„Du kennst ihn doch aus dem Effeff“, meinte Charly. „Aber von mir aus. Wenn es dich beruhigt, gerne.“ Sie nahm Mila bei der Hand, führte sie zum Reitplatz, wo sich bereits viele andere Reiter mit großen Schritten die Wege zwischen den Hindernissen einprägten.

Nach ein paar Runden hatte Mila das Gefühl, jedes Sandkorn auf dem Boden genauer beschreiben zu können. Plötzlich stieß jemand sie mit voller Wucht in den Rücken.

Mila fiel nach vorne und schlitterte mit der Wange über den rauen Boden. „Ahhh!“, schrie sie, hielt sich die Hand auf die aufgeschürfte Stelle und sah sich um. Hinter ihr stand Nele und grinste breit.

„Oh, hoppla“, flötete Nele. „Ich bin heute aber auch

ungeschickt. Tut mir ja sooo leid, dass ich dich mit meinem ausgestreckten Arm erwischt habe."

„Das war Absicht", zischte Mila. „Was soll das?"

Nele beugte sich zu Mila und fuhr in gespielt freundlichem Ton fort: „Kann schon sein. Genau wie es deine Absicht ist, mal wieder alle zu verarschen, stimmt's? Erst steigst du aus dem Turnier aus und dann lässt du dich in allerletzter Sekunde aufstellen? Das ist eine dermaßen miese Masche. Zum Kotzen. Hoffentlich brichst du dir heute beide Beine und Arme." Damit drehte sie sich um und stapfte davon.

Charly half Mila auf, die sich den Sand von der Hose klopfte.

„Mist. Nele hab ich ganz vergessen. Logisch, dass sie es überhaupt nicht packt, dass ich mitreite. Obwohl sie von mir und Adesso ja wirklich nichts zu befürchten hat …"

„Das sieht sie offensichtlich anders", meinte Charly. „Komm, wir schauen mal, ob unsere Überraschung schon da ist. Ich bin mir sicher, am Ende des Tages wird Nele viel bessere Laune haben."

Adesso sieht grün ...

„Mit der Nummer 14 startet nun Mila Hofer auf Adesso“, quäkte die Stimme aus dem Lautsprecher. Das Publikum auf der Tribüne klatschte. Mila sah, dass Michel ihr zuwinkte. Neben Michel saßen Herr Keuper und Frau Steinbach, tief in ein Gespräch versunken.

Mila atmete durch, richtete den Rücken auf und ritt in die Bahn. Jetzt war es so weit. Jetzt galt es. Irgendwas irritierte sie, sie konnte aber auf die Schnelle nicht ausmachen, was es war. Das schwarze Jackett und die weißen Handschuhe fühlten sich ungewohnt an, fast wie eine Verkleidung. Einfach cool bleiben, ermahnte sich Mila ein ums andere Mal. Herr Gründgen hatte ihr noch einmal Mut gemacht. Und wie hieß das alte Sprichwort? Dabei sein ist alles? Genau. Es war egal, wie viele Fehler sie gleich machen würden oder ob Adesso an der Mauer vorbeiritt. Völlig egal. Sie wandte sich den Juroren zu und grüßte. Ihr Vater und Aurelie würden ganz schön staunen, wenn sie sie so sehen könnten, da war Mila sich sicher.

Adesso tänzelte unruhig auf der Stelle. Nicht nur

für Mila war es das erste *richtige* Turnier, sondern auch für Adesso. Sie strich ihm beruhigend über den Hals. „Alles gut, mein Großer. Du kannst es kaum erwarten, oder? Das Wichtigste ist, dass wir beide nun möglichst viel Spaß haben."

Adesso schnaubte. Mila spürte, dass er sie verstanden hatte.

Sie galoppierte an und ließ sich in Adessos weiche, rhythmische Bewegungen fallen. Als sie mühelos über den Triplebarren sprangen, wollte Mila am liebsten laut juchzen. Eine Welle von Glück schwappte durch ihren Körper und es kribbelte von den Ohrläppchen bis zu den kleinen Zehen. Nicht auszudenken. Um ein Haar hätte sie das alles verpasst …

Mila ritt auf den Oxer zu. Adesso war etwas hastig und sie verpatzten den Absprung. Mila konnte nach dem Sprung nicht mehr rechtzeitig loslassen und eine Stange polterte laut zu Boden. Doch im Gegensatz zum Training war Mila in Gedanken nicht bei dem Fehler. Der war passiert und sie konnte daran nichts mehr ändern. Sie konzentrierte sich auf das nächste Hindernis. Sie fühlte sich leicht. Und unbeschwert. Sie waren ein Team. Adesso sprang ab, flog und … geschafft. Mila sah nach vorne. Als Nächstes war die Mauer dran. Die Mauer! Aber was war das? Vor ihnen war keine quietschgelbe Backsteinmauer mehr. Das war es also, was sie vorhin verwirrt hatte. Jemand hatte die Mauer mit einem Stück Kunstrasen beklebt und viele kleine Blumen daran befestigt. Sie sah nun aus wie eine blühende Hecke! Adesso und sie waren schon über unzählige Hecken gesprungen. Ob ihn die „Tarnung“ überzeugen würde? Zumindest galoppierte er diesmal völlig ruhig und entspannt auf das Hindernis zu. Mila spürte keinerlei Widerstand in ihm. Die grüne Mauer kam näher und näher und ... Adesso sprang in hohem Bogen darüber. Es hatte geklappt! Mila schluckte. Ihr Herz hämmerte vor Aufregung und Freude so stark, dass es fast wehtat. Das war es also gewesen? Das gelbe Hindernis hatte Adesso zurückschrecken lassen? Adesso hatte Angst vor gelben Dingen? Wie ein Blitz tauchte der gelbe Regenschirm von Anna vor Mila auf. Und Adessos Unruhe. Gelb! Es war die Farbe Gelb!

Unglaublich. Sie ließ ihren Blick kurz ins Publikum schweifen und sah Herrn Gründgen, der den Daumen grinsend nach oben reckte. Mila lächelte. Natürlich. Herr Gründgen hatte die Mauer für Adesso umgestaltet. Und das erst ganz kurz vor ihrem Ritt. Als Mila mit Adesso langsam unter dem Applaus der Zuschauer vom Platz ritt, wollte sie zuallererst zu Herrn Gründgen, um sich zu bedanken.

„Aber wenn Sie die Idee mit der Heckenverkleidung schon gestern hatten, warum haben Sie die Mauer nicht schon vor dem Einspringen begrünt?“, fragte Mila Herrn Gründgen neugierig.

„Aus zwei Gründen“, meinte der Stallmeister und strich sich übers Kinn. „Ich wollte gerne, dass du trotz aller Schwierigkeiten das Turnier reitest. Damit du verinnerlichst, worauf es wirklich ankommt. Du und

Adesso, ihr seid ein super Team und ihr gehört auf den Springplatz. Und dann wollte ich einfach den Überraschungseffekt ausnützen. Du hast vorher nicht erwartet, dass Adesso es schaffen würde. Das war gut und hat euch Freiheit gegeben. Ich war gespannt wie ein Flitzebogen, das kannst du mir glauben. Schließlich wusste ich selbst nicht, ob ich mit meiner Vermutung richtiglag."

„Goldrichtig, wie sich herausgestellt hat", antwortete Mila. „Oder soll ich lieber sagen ‚grünrichtig'?"

„Papa, herzlichen Glückwunsch!" Michel kam auf Mila und Steffen Gründgen zugelaufen. „Ich bin stolz auf dich." Er umarmte seinen Vater.

Und dann Mila. „Und herzlichen Glückwunsch auch an euch. Du warst supermutig, finde ich."

„Ich bin total happy", sagte Mila. „Auch wenn wir ziemlichen Punkteabzug hatten. Das Stechen wird ohne uns stattfinden müssen."

„Mach dir nichts draus. Wenn Nele ihre Leistung von der ersten Runde wiederholen kann, hat eh kein anderer eine Chance", entgegnete Michel grinsend.

„Mark war aber auch nicht schlecht", meinte Mila. „Es wird wohl einer von beiden siegen. Komm, ich spendiere dir ein Bratwurstbrötchen. Und um diese Uhrzeit beiße ich auch gerne mal ab."

Bei den Essensständen trafen sie Charly, Franzi und Isa.

„Da kommt ja der Lichtblick des Tages", rief Charly. „Wie obercool Adesso über die grüne Mauer gehoppelt ist ... Weltklasse! Na ja, bei mir lief es leider nicht so dolle. War klar, dass ein ganzer Schwarm Wildgänse über unsere Köpfe hinwegfliegen musste, gerade als ich losreiten wollte. Vanilla ist zwar nicht gestiegen, aber sie war anschließend einfach zu nervös und hat total viele Fehler gemacht."

„Dann könnt ihr uns wenigstens später anfeuern", meinte Isa. „Obwohl das nicht viel nützen wird. Die Konkurrenz ist ziemlich groß."

„Stimmt", gab Franzi zu. „Hast du vorhin den Typen aus Kiel reiten sehen? Mit dem Hannoveraner-Rappen? Der könnte Nele schon noch gefährlich werden. Cooler Typ ... und erst die Stute. Die würde gut zu Black Velvet passen. Und vielleicht hätte ich dann bald ein kohlrabenschwarzes süßes Fohlen", schwärmte sie.

Sie kauften sich kühle Getränke und Isa und Franzi gingen nach einiger Zeit wieder zu Melodie und Black Velvet zurück. Mila, Charly und Michel setzten sich auf die oberste Stufe der Tribüne.

Unter ihnen saßen Frau Steinbach und Herr Keuper immer noch am selben Platz und unterhielten sich. Mila sah, dass Frau Steinbachs Wangen rot glänzten und sie ab und zu hell auflachte. Kein Wunder, dass sie ganz versunken wirkten. Nach dreißig Jahren hatten sie sich sicher viel zu erzählen.

Das Stechen begann. Doch auch das schienen Frau Steinbach und Herr Keuper gar nicht wirklich zu bemerken. Herr Keuper würde sich doch noch an ihre Vereinbarung erinnern? Bestimmt, versuchte Mila, sich zu beruhigen, immerhin war er deswegen zum Marumer Springen gekommen. Oder etwa nicht?

„Diese Perspektive ist auch nicht schlecht“, meinte Michel. „Man kann viel für die eigene Reitpraxis mitnehmen. Wenn ich denn springen würde …“ Er grinste schief. „Hier“, er zeigte auf den Jungen aus Kiel, der gerade den Parcours ritt, „kann man ganz deutlich sehen, wie der Reiter den inneren Zügel über den Mähnenkamm führt, um es zu biegen. Aber in Wahrheit verkantet das Pferd bloß im Hals. Man kann die Wendigkeit aber allein mit Schenkelhilfen trainieren, wusstest du das?“

Mila nickte. „Luke hat es mir erklärt“, sagte sie. „Du passt aber gut auf!“

„Ich hasse nichts mehr, als wenn Pferde mit Gewalt zu etwas gezwungen werden“, antwortete Charly. „Das Pferd ist dein Freund und Partner. Es tut alles für dich. Ich kann einfach nicht verstehen, warum jemand sein Pferd schlecht behandelt. Ich hoffe, die Richter sehen in diesem Fall nicht weg und es gibt Punktabzug.“

Mila war ganz Charlys Meinung. Und sie war wieder einmal froh, dass die Lehrer des Pferdeinternats zwar sehr viel Wert auf Disziplin und Leistungsbereitschaft legten, aber mindestens genauso viel Augenmerk darauf richteten, dass Pferd und Reiter partnerschaftlich zusammenarbeiteten und beide Freude am Sport hatten.

Sie sahen sich den Ritt von Isa und Franzi und noch einigen anderen Reitern an. „Das reicht nicht“, meinte Michel fachmännisch, als die Zeiten auf der Anzeigentafel eingeblendet wurden. „Die härteste Konkurrenz kommt noch: Nele und die Zwillinge."

Zuerst war Nele an der Reihe. Nele war schnell, nahm die Wendungen eng und Pferdinand sprang wie ein junger Pferdegott. Mila konnte keinen einzigen Fehler entdecken. Sie klatschte begeistert in die Hände, ohne dass es ihr bewusst war. Das war der Sieg. Besser konnte man den Parcours nicht absolvieren, da war sie sich sicher. Mila sah auf die Tafel. Der nächste Reiter war Mark. Auch er machte seine Sache sehr gut. Er ritt fehlerfrei und war am Ende sogar eine halbe Sekunde schneller als Nele.

Mila blickte zu Nele, die mit finsterer Miene vor sich hin ins Leere starrte. Jan, der neben ihr stand, reichte ihr etwas zu trinken. Vergeblich. Sie bemerkte ihn nicht einmal.

Aber auch Mila war alles andere als zufrieden mit diesem Ausgang des Turniers. Mark sollte nun also gewinnen? Dieser von Ehrgeiz zerfressene Typ, der niemandem auch nur ein kleines bisschen Erfolg gönnte? Es gab nur noch eine Chance, das zu verhindern. Jakob musste besser und schneller reiten als sein Beastie-Boy-Bruder.

Michel schien den gleichen Gedanken zu haben, denn er flüsterte Mila ins Ohr: „Wir müssen Jakob die Daumen und am besten auch noch die großen Zehen drücken. Sonst hat das Marumer Springen nicht unbedingt den sympathischsten Sieger."

Jakob wurde angekündigt, er ritt ein und grüßte die

Richter. Er wirkte gelöst, so als würde er eine Trainingsrunde mit Tamara vor sich haben.

„Jakobs Nerven möchte ich haben“, bemerkte Michel. „Der ist einfach naturcool.“

Jakob startete und Mila wagte kaum mehr zu atmen. Das sah gut aus – richtig gut! Elegant nahm Jakob die ersten Hindernisse und … er war schnell. Aber war er auch schneller als Mark? Mila schob den Hufeisenanhänger an ihrer Halskette hin und her. KRRRR, KRRRR.

Michel schaute, woher das merkwürdige Geräusch kam, und hielt ihre Hand fest.

„He, du machst ja deine Kette kaputt. So wichtig ist es nun auch nicht.“ Michel schmunzelte und konnte sich ein Grinsen nicht verkneifen.

„Oh, Mann. Hab ich vor lauter Aufregung gar nicht gemerkt“, sagte Mila und ließ den Anhänger los, ohne aber dabei den Blick von Jakob zu wenden. „Du schaffst es“, feuerte sie ihn leise an. „Und jetzt auf den Wegen noch einen Zahn zulegen!“

Die Zuschauer waren mucksmäuschenstill. Jeder konnte das Atmen von Jakobs Fuchs hören, als er ins Ziel ritt.

„Ja!!!“ Michel sprang auf, als Jakobs Zeit angezeigt wurde. „Ich fass es nicht. Jakob hat es geschafft. Yeah, yeah, Doppel-yeah!“

Die Zuschauer klatschten begeistert. Mila sah, dass Herr Keuper und Frau Steinbach aufstanden und sich durch die Menge Richtung Parkplatz schlängelten. Er hatte die Vereinbarung also nicht vergessen.

„Lass uns nach unten gehen. Ich will die Siegerehrung von ganz nah sehen“, schlug Mila vor. „Außerdem stehen da Franzi und Isa.“ Ihre Handflächen brannten und sie fühlte sich flatterig vor Aufregung. Hoffentlich würde die Überraschung gelingen!

Siegertränen

Frau Steinbach hatte sich ein Mikrofon geschnappt und stellte sich in die Mitte des Reitplatzes.

„Liebe Besucher, liebe Marumer und liebe Schüler des *Pferdeinternats Inselglück*“, begann sie. „Ich freue mich, die Siegerehrung des traditionsreichen Marumer Springens vornehmen zu dürfen. Zuerst mal möchte ich mich bei allen Schülern des Internats bedanken, die durch ihre Kreativität und Mithilfe dieses Turnier erst möglich gemacht haben.“

„Heißt das, wir kriegen alle eine Eins?“, rief einer der älteren Schüler dazwischen.

„Da würde ich mit mir reden lassen“, antwortete Frau Steinbach in seine Richtung. „Und du kriegst sogar ein Sternchen, wenn du heute Abend alle Pferdeäpfel vom Hof sammelst.“

Alle lachten.

„Mein besonderer Dank gilt allerdings Ralf Keuper, den zwei unserer Schülerinnen als sehr großzügigen Sponsor gewinnen konnten. Ralf, komm doch zu mir!“

Herr Keuper strahlte und lief auf Frau Steinbach zu. Die Menge applaudierte und johlte. Ralf Keuper verbeugte sich in alle Richtungen. „Danke, danke. Das habe ich gerne gemacht!“

„Sind wir jetzt eigentlich mal dran?“, fragte eine hohe Stimme, die Mila sofort als Tinis erkannte. „Ich kann dieses Riesenteil kaum mehr halten.“

„Tja“, sagte Frau Steinbach. „Auf dringliche Anfrage einer kleinen Person mit ihrem noch kleineren Pony, kürze ich die Danksagungen hier ab und schwenke sofort zur Siegerehrung. Ich darf die Reiter der ersten drei Plätze mit ihren Pferden zu mir bitten.“

Jakob, Mark und Nele ritten auf ihren Pferden auf den Platz. Doch nur Jakob sah fröhlich aus. Mark hatte den Mund zu einem gezwungenen Lächeln verzogen. Nele dagegen machte sich überhaupt keine Mühe, ihre Enttäuschung zu verbergen. Sie trottete auf Pferdinand mit herunterhängenden Mundwinkeln hinter den anderen beiden her und stellte sich gelangweilt blickend neben deren Pferden auf.

„Außerdem freue ich mich, Ihnen allen die neuen Maskottchen des Pferdeinternats präsentieren zu dürfen: Hier sind Tini und Renate mit dem großen Pokal vom Marumer Springen!“, rief Frau Steinbach ins Mikrofon.

Tini ritt stolz auf die Direktorin zu und hinterließ eine Spur aus zerfransten Stofflilien, die bei Renates Hoppel-Trab aus Fell, Mähne und Schweif purzelten. Selbstbewusst stieg sie ab, übergab Frau Steinbach den großen Pokal und nahm ihr ohne große Umschweife das Mikrofon aus der Hand.

Dann hielt sie es nah an den Mund und blinzelte

Renate verliebt an. Renate blinzelte, allerdings durch einen ganzen Berg Blumenschmuck, verliebt zurück.

„Also, ich soll noch was sagen über das Gestüt *Drei Lilien*, hat Mila gemeint. Dort kann man nämlich Pferde kaufen, die so schön sind wie Renate, nur ein bisschen größer. Und die gut springen können. Wenn ihr so eines wollt, wendet euch an den Mann, der da drüben steht, okay?“ Tini zeigte auf Ralf Keuper und gab ihm das Mikrofon. Mila kicherte. Tini war so süß.

„Tja“, meinte Ralf Keuper lachend. „Bessere Werbung für mein Gestüt kann ich mir kaum vorstellen. Vielen Dank, Tini. Und vielen Dank, Renate.“ Er ging zu dem Mini-Pony und strich ihm über die Kruppe – beinahe die einzige Stelle, die nicht von Lilien überdeckt war. „Jetzt wollen wir unsere Gewinner nicht mehr länger warten lassen. Der erste Platz und somit auch der große Pokal von Marum bleibt auf der Insel und geht an Jakob Timmermann. Herzlichen Glückwunsch! Du hast eine tolle Leistung gezeigt!“ Mila klatschte laut mit dem Publikum und Frau Steinbach überreichte dem breit grinsenden Jakob den Pokal und befestigte die goldene Rosette an Windfuchs' Trense. „Platz zwei belegt sein Bruder Mark. Auch für dich einen großen Applaus, das war ein tolles Turnier.“

„Nicht gut genug“, knurrte Mark, als seinem Pferd Feuerfuchs die silberne Rosette angesteckt wurde.

Aus dem Publikum waren vereinzelte Buhrufe zu hören. Mila wunderte sich nicht, dass Marks Äußerung bei den Leuten nicht gut ankam. Meine Güte, immerhin hatte er den zweiten Platz belegt!

Auch Herr Keuper sah Mark irritiert an und sagte dann schnell: „Kein Grund für schlechte Stimmung. Mark hat durchaus recht. Auch sehr gute Leistungen können noch gesteigert werden. Aber wir alle finden, heute darfst du dich über deine Platzierung freuen."

Das Publikum spendete Herrn Keupers Worten Beifall.

Er hatte super reagiert, fand Mila.

„Und nun möchte ich gerne noch die weiße Rosette an Nele Wuttke vergeben. Ein äußerst eleganter Ritt."

Nele ließ Herrn Keuper Pferdinand die Rosette anstecken, ihre Miene verriet allerdings, dass sie am liebsten vor Enttäuschung und Wut vom Platz geritten wäre. Pferdinand schnaubte freundlich, aber das schien Nele gar nicht richtig wahrzunehmen.

„Damit bin ich noch nicht am Ende", fuhr Herr Keuper fort. „Jetzt werde ich zu meiner großen Freude den Spezialpreis des Gestüts *Drei Lilien* vergeben. Er ist einmalig. Genauso einmalig wie die Person, der er verliehen wird."

Er winkte Mila und Charly zu und Mila wusste genau, was sie nun zu tun hatte. Das war das Zeichen, dass sie Fairy holen sollten, die hinter einem der Anhänger angebunden war und auf ihren großen Auftritt wartete.

„Und diese Person ist die Drittplatzierte in diesem Turnier." Mila hörte, dass Herr Keuper eine Kunstpause machte. Das Publikum war ganz still.

Mila und Charly führten Fairy aus ihrem Versteck und kamen langsam auf den Turnierplatz zu. Und auf

Nele, die Fairy fassungslos ansah. Ihr Gesicht hatte beinahe die gleiche Farbe wie Pferdinands Fell. Nur ohne graue Tupfen. Sie stand wie erstarrt da, den Mund weit offen, aber sie sagte nichts. Dann – endlich – stieß sie einen erstickten Schrei aus und schlug sich dabei die Hände vor den Mund.

In diesem Augenblick konnte Mila Fairy nicht mehr halten. Die weiße Stute riss sich los und galoppierte auf Nele zu. Kurz bevor sie bei ihr war, verlangsamte sie ihr Tempo, blieb stehen und wieherte leise. Dieses Wiehern löste Neles Erstarrung.

„Fairy!", rief Nele. „Fairy, wo kommst du denn her?" Sie sprang von Pferdinand, stürmte auf Fairy zu, schlang die Arme um ihren Hals und begann, laut zu weinen.

Dieser Anblick war so schön, dass es Mila ganz warm ums Herz wurde, weil Fairy und Nele nun endlich wieder zusammen waren. Gleichzeitig aber brach es ihr beinahe dasselbe, weil sie genau spürte, wie sehr die beiden gelitten hatten.

Mila sah, dass Herr Keuper und Frau Steinbach sich gegenseitig Taschentücher anboten, weil ihnen vor Rührung die Tränen über die Wangen liefen.

Als Herr Keuper seine Tränen getrocknet hatte, nahm er erneut das Mikrofon zur Hand und erzählte dem Publikum von Fairy und Nele.

„... und als ich schließlich wusste, was Fairy fehlte – nämlich schlicht und ergreifend Nele – war alles ganz klar. Ich würde Fairy hier auf dem Pferdeinternat unterstellen und von Nele trainieren lassen. So haben wir alle etwas davon. Nele und Fairy können zusammen sein und mein tolles Pferd wird hier auf *Inselglück* wieder zu Kräften kommen und dann hervorragend ausgebildet.“

Nele blickte zum ersten Mal hoch. „Fairy ist nicht nur zu Besuch da?“, wollte sie wissen. „Sie darf bleiben? Und ich darf mit ihr trainieren?“

Herr Keuper nickte. „So hatte ich mir das gedacht“, sagte er.

Zum ersten Mal sah Mila Nele richtig lächeln. Nicht nur ein Mundwinkel-nach-oben-zieh-Lächeln, sondern eines, bei dem ihr ganzes Herz sichtbar wurde.

Sie ging mit strahlenden Augen auf Ralf Keuper zu und flüsterte unentwegt: „Danke, danke, danke.“

„Du musst dich vor allem bei Mila und Charly bedanken“, meinte Herr Keuper. „Ohne sie hätte ich niemals von dir erfahren und Fairy wäre vor Kummer wahrscheinlich gestorben.“

„Mila und Charly?“, fragte Nele verblüfft. „Aber wie …? Woher wussten sie, wo Fairy ist? Mein Vater hat gesagt, er hat sie nach Saudi-Arabien verkauft.“

„Nein, er hat Fairy an mich verkauft. Ich denke, er wollte dich schützen. Er dachte bestimmt, für dich ist es noch schlimmer, wenn du weißt, dass Fairy ganz in deiner Nähe ist. Er sah keinen Weg, dein Pferd zurückzukaufen, deswegen hat er dir das Märchen von Saudi-Arabien aufgetischt, denke ich.“ Er ging zu Nele und strich ihr über die langen blonden Haare. „Es ist ja gut ausgegangen. Ich wünsche mir sehr, dass ihr bald wieder das Team sein werdet, das ihr vor einem

Jahr wart. Du musst allerdings Geduld mit ihr haben. Wie du siehst, ist sie in keinem guten Zustand."

„Versprochen", erwiderte Nele. „Ich werde alles tun, damit es ihr bald wieder besser geht." Dann ging sie auf Mila und Charly zu.

Mila sah, dass ihr das alles andere als leichtfiel.

Zögerlich streckte Nele ihr die Hand entgegen, ohne ihr dabei in die Augen zu sehen. „Danke", sagte sie. „Tut mir leid, dass ich dich so mies behandelt habe. Anscheinend bist du doch ganz okay."

„Ich nehme die Entschuldigung an", antwortete Mila. „Und ich freu mich wirklich, dass du und Fairy wieder zusammen seid. Sie war ein wunderschönes Pferd. Und sie wird es ganz bestimmt wieder werden."

„Mal ganz langsam", entgegnete Nele. „Auch wenn ich dich jetzt besser leiden kann. Ein paar Sachen bleiben. Keine Gespräche über ‚süße Pferde' und so einen Kram, alles klar?" Damit drehte sie sich um und ging zu Fairy zurück, die schon hufescharrend auf sie wartete.

„Nun gut, im Grunde ist es auch beruhigend, dass Nele sich treu bleibt. Beste Freundinnen werden wir wohl nicht werden", meinte Mila seufzend.

Charly schnaubte und knuffte Mila in die Seite. „Das ist auch völlig unnötig. Schließlich steht deine beste Freundin gerade neben dir."

Mila lachte und schmatzte Charly ein Küsschen auf die Wange. „Du hast mal wieder vollkommen recht. Wie immer. Danke fürs gemeinsame Pferdestehlen, liebe beste Freundin."

Charly lachte und wischte sich die feuchte Wange ab. „Hat dir schon mal jemand gesagt, dass du wie ein Pferd knutschst?“

Nele und Fairy waren den gesamten restlichen Tag nur noch als Doppelpack anzutreffen. Sie spazierten gemeinsam über das Gelände und steckten die Köpfe zusammen wie zwei alte Freundinnen, die sich viel zu erzählen hatten. Mila sah zufrieden, dass Fairy alle Leckerli, die Nele ihr zusteckte, gerne aß. Hoffentlich würden ihre hervorstehenden Knochen bald verschwinden, jetzt, wo Fairys Welt wieder in Ordnung war. Mila fühlte sich selbst ganz leicht. Schon merkwürdig, dachte sie. Jemand anderem zu helfen, macht einfach total glücklich.

Ralf Keuper klopfte Mila anerkennend auf die Schulter. „Das hast du gut gemacht, Mila“, sagte er. „Fairy macht schon nach den paar Stunden einen ganz anderen Eindruck auf mich. Sie hat mehr Energie und ihre Augen sehen nicht mehr ganz so stumpf aus, findest du auch?“

„Stimmt“, meinte sie. „Ich glaube, wir haben alles richtig gemacht!“

„Bis auf die Heimlichkeiten würde ich dir vollkommen zustimmen“, erwiderte Herr Keuper lachend. „Marie, ich meine Frau Steinbach, hat mir alles erzählt.“

Mila sah ihn zerknirscht an.

„Wir einigen uns also auf ‚fast alles richtig gemacht‘? Wollen Sie und Frau Steinbach nachher zu unserer After-Turnier-Feier in den Stall kommen und mit uns auf den gelungenen Tag anstoßen?"

„Nein, nein, das ist sehr lieb von dir, Mila, aber da haben wir alte Ackergäule nichts verloren. Die Stallfeiern bleiben den Schülern des Internats vorbehalten. Außerdem bin ich verabredet. Mit der schönsten Direktorin der ganzen Welt." Er lächelte selig und ging in Richtung Haupthaus davon.

„What a day", seufzte Mila und ließ sich mit einer Flasche Cola in der Hand neben die anderen auf einen Strohballen fallen. Sofort schäumte die Cola aus der Flasche und sie musste notschlürfen, um ihre neue Jeans zu retten.

„Nicht nur die Emotionen kochten hoch, sondern auch die Cola", kicherte Charly.

„Aber am Rest hab ich nichts zu meckern", sagte Jan, der es sich neben Michel bequem gemacht hatte. „Super Spannung, tolles Pferde-Happy-End und dann höre ich gerade auch noch einen fehlerfreien englischen Satz von Mila. Was will man mehr …"

„*Mann* vielleicht nicht, aber *Frau* wünscht sich noch was Leckeres zu essen." Franzi blickte zu Nele, die bei Fairy in der Box war und ihre Nase tief in das Fell der weißen Stute gesteckt hatte. „Alle Leckereien gehen heute an Fairy."

„Du wolltest doch nicht wirklich die alten Futterkarotten essen, oder?" Charly schüttelte sich und holte eine kleine Holzkiste hervor. „Magst du nicht lieber ein paar Sesam-Oregano-Cracker? Haben mir meine

Eltern geschickt. Die sind ziemlich lecker." Sie reichte Franzi die Box, aus der ein verlockender Duft strömte.

„Ich hab doch schon immer vermutet, dass deine Eltern einen Feinkostladen haben", entgegnete Franzi, schnappte sich die Kiste und griff eine Handvoll der würzigen Kekse heraus.

„Ja, so ähnlich könnte man das sagen", meinte Charly und lachte. „Der Gedanke gefällt mir."

„Hey, Nele, falls du auch noch was abhaben willst, musst du schnell kommen!", rief Jakob.

„Die kann sich doch sowieso nicht von ihrer Klappermähre trennen", vermutete Mark und heulte gespielt los: „‚Buhu, wir waren ja so lange getrennt. Und wir können doch ohne einander nicht leben.' Bei so einem sentimentalen Quatsch rollen sich meine Zehennägel auf, echt."

„Bist du echt so ein gefühlloses Untier oder tust du nur so?", fauchte ihn Mila an. Marks Verhalten ging ihr schon den ganzen Tag auf die Nerven. Und der letzte Kommentar war einfach die Krönung. „Wenn du mich fragst, eher Letzteres, oder? Magst nicht im Schatten deines netten Bruders stehen und machst einen auf superarrogant und Megadepp. Weißt du, wie ich dich am Anfang heimlich genannt habe, als ich deinen Namen noch nicht wusste? Beastie-Boy. Und ich muss sagen, der Spitzname passt echt besser zu dir ..."

Mark sprang auf und wollte auf Mila losgehen, doch Nele kam aus der Box gesprungen und drückte Mark zurück auf den Strohballen. „Lass Mila in Ruhe. Und behalte deine Scheißkommentare bei dir, wenn du keine Ahnung hast!"

Mark packte seine Jacke und brüllte: „Ich hatte sowieso keinen Bock auf eure kindische Party!" Und weg war er.

„Der spinnt manchmal. Nehmt das nicht so ernst", meinte Jakob entschuldigend. „Der hält den Druck, den unser Vater macht, einfach schlechter aus als ich. Na, egal." Er sah nachdenklich in die Ferne. Dann hob er seine Limoflasche und rief: „Heute wird gefeiert! Auf Marum, auf die Pferde, auf mutige Taten und wunderbare Wiedersehen. Und – nicht zu vergessen – auf mich, den Sieger des Turniers!"

„Ja, auf all das."

„Genau."

„Sehr richtig", antworteten alle durcheinander und die Flaschenböden klackerten.

Mila schlich sich zu Adesso und Renate in die Box. Die beiden sahen sie neugierig an. Mila reichte jedem eine halbe Karotte, strich Renate die Mähne aus den Augen und zeichnete mit dem Zeigefinger Adessos Stern auf der Stirn nach. Dann lehnte sie sich an seinen Hals und flüsterte leise: „Und nächstes Jahr gewinnen wir das Marumer Springen, nicht wahr, mein Großer?"

Moment mal! – Um die Zeit würde sie schon gar nicht mehr auf *Inselglück* sein, sondern wieder zu Hause bei Papa, Mama und Aurelie. Doch dieser Gedanke fühlte sich gar nicht mehr rundum gut an. Sie merkte, dass das Pferdeinternat mittlerweile ihr neues Zuhause geworden war. Und Charly eine echt gute Freundin.

Und nächstes Jahr?

Das war noch lange hin.

Sehr lange.

Emma Norden wurde 1978 geboren und malte sich schon als kleines Mädchen aus, Schülerin eines Reitinternats zu sein. Gerne wäre Emma so wie Mila und würde mit ihrem Traumpferd Adesso spannende Abenteuer erleben. Aber statt am Strand entlangzugaloppieren, schreibt sie fleißig Geschichten und wird von ihren Kindern auf Trab gehalten.